Franz Steffl

So ein Hundeleben …

… kann ganz schön aufregend sein

Franz Steffl

So ein Hundeleben …

… kann ganz schön aufregend sein

Polizeihund Fimo erzählt

Rediroma-Verlag

Bibliografische Information der Deutschen Nationalbibliothek:
Die Deutsche Nationalbibliothek verzeichnet diese Publikation in der Deutschen Nationalbibliografie; detaillierte bibliografische Daten sind im Internet über http://portal.dnb.de abrufbar.

ISBN 978-3-98527-725-4

www.rediroma-verlag.de
11,95 Euro (D)

Ankauf von Fimo

Fimo erzählt:
Nachdem ich das Licht der Welt erblickt hatte, wuchs ich in einem Zwinger im Schwabenland bei einem Metzger auf. Ich erhielt den Namen „Fimo vom Weidenbusch“. Der Metzger war ein grober Mensch und behandelte mich nicht gut. Ich hatte immer Angst, wenn er zu meinem Zwinger kam, denn ich konnte ja beobachten, wie er mit all seinen anderen Tieren umging.

Zweimal kamen fremde Leute, um mich mit nach Hause zu nehmen. Diese Leute waren aber offensichtlich mit mir nicht zufrieden; aber wenn ich ehrlich bin, ich mit ihnen auch nicht.

Vielleicht störte sie auch mein Name, aber mich hatte ja keiner gefragt, ob ich „Weidenbusch“ heißen wollte. Jedenfalls brachten sie mich immer wieder zu dem ungeliebten Metzger zurück.

Mein Bruder „Fax“ wurde ebenfalls abgeholt. Obwohl Fax mir gegenüber manchmal sehr arrogant und überheblich war, wäre es mir doch lieber gewesen, dass er wieder zurückgekommen wäre.
Nun war ich mit den anderen Hunden und dem Metzger allein und fühlte mich einsam und verlassen.

Eines Tages fuhr aber ein Polizeiauto mit zwei Polizisten vor. Ich bin furchtbar erschrocken, denn außer meiner Futterschüssel hatte ich ja nichts ausgefressen. Ich wich ängstlich zurück, denn ich sah mich schon verhaftet. Einer der Polizisten hieß Franz. Er machte auf mich einen ganz netten und anständigen Eindruck. Nach den vielen schlechten Erfahrungen, die ich gemacht hatte, war ich sehr vorsichtig und wusste wirklich nicht, wem ich noch trauen konnte.

Langsam dämmerte mir, dass mich die Polizisten in ihrem grünen Auto mit einer blauen Lampe auf dem Dach mitnehmen wollten. Misstrauisch, wie ich war, traute ich mich nicht einzusteigen und wich ängstlich zurück.

Als mich der Metzger aber beim Schwanz … äh, der Rute … und den Ohren packte und mich in das Auto warf, sah ich, wie einer der Polizisten dem Metzger einen bösen Blick zuwarf und den Kopf schüttelte. Da wurde mir der Mann in der grünen Uniform, den sie Franz nannten, schon sympathischer.

Nach einer längeren Autofahrt kamen wir bei einem Haus an, in dem der Franz wohnte. Er wollte mit mir gleich in das Haus gehen und mich seiner Frau und den zwei Buben vorstellen. Da ich von meinem Zwinger nur den Holzboden gewöhnt war, traute ich mich auf dem glatten Steinboden gar nicht zu laufen.

Außerdem sagte mir meine feine Nase, dass hier noch irgendwo ein anderer Hund in der Nähe war. Später erfuhr ich, dass dieser Hund ebenfalls zur Familie gehörte und den Namen Ronny hatte.

Die beiden Söhne vom Franz hießen Martin und Franzi. Sie fragten mein neues Herrchen Franz, ob Fimo nun ein Halbbruder vom Ronny sei. Als ich Bruder hörte, bin ich erschrocken, denn ich hatte von meinem Bruder Fax immer noch die Schnauze voll. Aber dann dachte ich, vielleicht ist ein Halbbruder auch nur halb so arrogant und eingebildet wie ein ganzer Bruder.

Als ich den Ronny dann am nächsten Tag zum ersten Mal sah, bin ich richtig erschrocken. Er war größer und stärker als ich. Außerdem sagte man mir, dass er ein ausgebildeter Polizeihund ist.

Ich fand ihn aber eher eingebildet als ausgebildet. Damals konnte ich mir noch nicht vorstellen, dass der Ronny einmal für mich ein großes Vorbild sein würde.

Franz erzählt:
Schon beim Ankauf von Fimo, bei einem Metzger im Schwabenland, bemerkte ich, dass Fimo ein überaus ängstlicher und unsicherer Hund war. Als ich ihn begrüßen wollte, drückte er sich in seinem eigenen Zwinger in die hinterste Ecke und zeigte sich sehr erschrocken. Ich machte meinen Kollegen, der für den Ankauf zuständig war, auf dieses Verhalten aufmerksam.

Er erklärte mir aber, dass sie vor Kurzem einen Bruder von Fimo bei diesem Metzger für einen anderen Diensthundeführer gekauft hatten. Diesen angeblichen Superhund mit dem Namen „Fax“ hätten sie nur erhalten, wenn sie versprachen den ängstlichen Fimo ebenfalls zu erwerben.

Aller Protest meinerseits half nichts, der Handel war schon vor dem Ankauf beschlossene Sache. Der Kollege klopfte mir auf die Schulter und meinte, dass ich den Ronny ja auch so gut „hinbekommen“ habe, obwohl der auch problematisch war.

Enttäuscht von diesem Kuhhandel wollte ich nun Fimo in mein Dienstauto verbringen. Fimo jedoch flüchtete aus Angst in den Garten und versuchte sich zu verstecken. Da holte der Metzger Fimo aus seinem Versteck, packte ihn und warf ihn brutal in mein Auto.

Nachdenklich trat ich die Heimfahrt an, und mir war bewusst, dass es nur mit viel Liebe und Zuwendung gelingen könnte, aus Fimo einen brauchbaren Diensthund zu formen. Vor allem war es wichtig, dass ich schon vor Beginn der offiziellen Ausbildung sein Selbstbewusstsein und sein Vertrauen zu mir und den Menschen im Allgemeinen stärkte und deshalb viel mit ihm üben musste.

Nur mühsam konnte ich zu Hause meine Enttäuschung über den „Hunde-Einkauf“ gegenüber meiner Familie verbergen. Obwohl Fimo bereits über ein Jahr alt war, hatte er offensichtlich außer seinem Zwinger im Schwabenland noch nichts gesehen.

Ängstlich tastete er sich über den glatten Steinboden im Treppenhaus in unsere Wohnung. Misstrauisch beäugte er mich und meine Familie und fasste nur ganz langsam Vertrauen. Aber die größte Herausforderung stand noch bevor.

Wie würde sich mein alter und treuer Diensthund Ronny gegenüber dem Neuankömmling verhalten? Ich hatte die Zwingeranlage zweigeteilt und versuchte mich nun so unbefangen wie möglich mit Fimo den Zwingern zu nähern.

Mit einer Aggressivität, wie ich sie von Ronny gar nicht kannte, machte er Fimo sofort deutlich, wer der Herr im Ring ist. Mir blieb nichts anderes übrig, als mich mit Fimo in unsere Wohnung zurückzuziehen und ihn über Nacht in meiner Nähe zu lassen.

Am nächsten Tag unternahmen meine Söhne mit Ronny einen Ausflug. Als die Luft rein war, konnte ich Fimo sein neues Heim zeigen. Nachdem er sich wiederholt überzeugt hatte, dass Ronny außer Haus war, begann er seinen Zwinger zu begutachten. Ich ließ ihn mit einer gut gefüllten Futterschüssel allein. Von meiner Wohnung aus konnte ich den Zwinger und Fimo beobachten und machte dabei eine ungewöhnliche Feststellung. Wenn sich Fimo allein und unbeobachtet fühlte, begann er mit gesenktem Kopf ohne Unterlass im Kreis zu laufen. Dieses Verhalten hat Fimo nie mehr abgelegt, wenn er mich nicht in seiner Nähe wusste.

Nach der Rückkehr meiner Söhne begab ich mich mit Ronny in seinen Zwinger, der durch eine Bretterwand von Fimo getrennt war. Ich beschäftigte mich abwechselnd mit beiden Hunden, um ihnen zu zeigen, dass sie jetzt beide zur „Familie“ gehörten und ich beide gleich behandeln werde.

Es dauerte noch ein paar Tage, bis Ronny seinen neuen Nachbarn langsam zu akzeptieren begann und ich sie auch über Nacht in den getrennten Zwingern belassen konnte.

Offensichtlich gewöhnte sich Fimo an sein neues Zuhause und ich konnte langsam eine vertraute Beziehung zu ihm aufbauen.

Fimo sucht sein neues Herrchen Franz

Franz erzählt:
Nach ca. vier Wochen brach für Fimo erneut eine Welt zusammen. Wegen einer plötzlich bei mir auftretenden Nierenkolik sollte mich mein Sohn in das ca. 20 km entfernte Klinikum nach Garmisch-Partenkirchen bringen.

Beim Wegfahren sah ich im Rückspiegel Fimo hinter dem Zaun stehen. Er starrte mich mit vor Schreck geweiteten Augen an. Diesen Blick, der zugleich Enttäuschung, Angst, Panik und Unverständnis zeigte, habe ich nie vergessen.

Während der Fahrt in das Klinikum erklärte ich meinem Sohn Franzi eindringlich, dass Fimo noch nicht eingewöhnt sei und er deshalb keinesfalls außerhalb seines Zwingers ohne Leine geführt werden dürfe.

Ich verbrachte eine unruhige Nacht mit starken Schmerzen im Klinikum und war trotzdem in Gedanken viel mehr bei Fimo als bei meiner Kolik. Und dann – der Schock! In aller Frühe rief mich meine Frau ganz aufgeregt an und teilte mir mit, dass Fimo ausgebüchst sei.

Unverzüglich verständigte ich meine Dienststelle und meine Hundeführerkollegen und versprach, so schnell wie möglich nach Hause zu kommen; doch das war nicht so einfach. Erst als ich dem Chefarzt klar machte, dass es sich bei Fimo um einen „Polizeihund mit außergewöhnlichen Fähigkeiten" handelte, durfte ich auf eigene Verantwortung das Krankenhaus verlassen.

Zu Hause angekommen traute ich meinen Augen kaum. Über meinem Haus kreiste der Polizeihubschrauber. Außerdem hatten sich ca. zehn Kollegen und mindestens genauso viele Nachbarn und Bekannte versammelt, um nach meinem Fimo zu suchen. Radio Oberland beteiligte sich ebenfalls an der Suche. Der Moderator wies launig darauf hin, dass es sich bei der Suche nach Fimo um einen entlaufenen Polizeihund handele. Sicherheitshalber solle man sich aber auf jeden Fall von dem Schäferhund den Dienstausweis zeigen lassen.

Trotz meiner Schmerzen musste ich die Suche nach Fimo organisieren. Wir konzentrierten uns zunächst auf das Gebiet, in dem mein Sohn den „Flüchtigen" zuletzt gesehen hatte. Hierbei handelt es sich um ein sehr großes Waldgebiet, das durch das Eschenlainetal vom Loisachtal weg in das Isartal und zum Walchensee führt.

Später erweiterten wir die Suche nach Norden, da ich dort im Nachbarort gelegentlich mit Fimo meine Verwandten besucht hatte. Den Süden sparten wir bei der Suche aus, da ich mit Fimo noch nie in dieser Gegend war. Ich verschwendete keinen Gedanken daran, südlich meines Wohnortes (in dem sich das

Klinikum Garmisch-Partenkirchen befindet) zu suchen.

Fimo erzählt:
Vor Ronny hatte ich immer noch Angst. Er zeigte mir mit seinem Verhalten deutlich, dass ich ein unerwünschter Eindringling in sein Revier war. Ich war froh, dass unsere Hundehütten und die Zwinger durch einen Zaun getrennt waren. Ronny benahm sich mir gegenüber sehr rüde.

Nun verstand ich auch, weshalb mein Herrchen einmal zu einem Besucher sagte: „Ronny ist ein Rüde!„

Aber egal, wichtig war nur, dass mich mein neues Herrchen, der Franz, offenbar gerne mochte. Ich fasste immer mehr Vertrauen zum Franz und spürte, dass da jetzt zum ersten Mal in meinem Leben ein Mensch war, der mich mochte und mich so nahm, wie ich bin.

Umso größer war aber mein Schreck, als ich folgende Beobachtung machte: Mein neuer Freund Franz stieg in das Auto von seinem Sohn Franzi. Sie fuhren einfach ohne mich und ohne Erklärung fort.

Lange stand ich am Zaun und wurde immer trauriger und kam mir wieder einmal ganz verlassen vor. Endlich kam das Auto zurück, es saß aber leider nur der Franzi darin. Ich blieb die ganze Zeit am Zaun stehen und hoffte, dass mein neuer Freund, der Franz, zurückkommen würde.

Es war schon stockdunkle Nacht und ich stand immer noch am Zaun und wartete. Ich hatte sogar den Eindruck, dass auch Ronny seinen Kopf hängen ließ. Da versprach ich dem Ronny, dass ich nach Franz suchen und ihn auch finden werde (mittlerweile weiß ich, dass das ganz schön großspurig war).

Irgendwann nach Mitternacht kam der Franzi heim und wollte mit mir noch Gassi gehen. Er hielt die Leine ganz fest und gab mir keine Gelegenheit auszureißen, um nach meinem neuen Herrchen zu suchen.

Zum Glück machte er bald einen Fehler. Als er mich nach unserer Rückkehr in meinem Zwinger bei offener Tür ableinte, schlüpfte ich einfach durch seine Beine und floh auf die Straße. Franzi verfolgte mich und rief ständig nach mir. Nach längerer Zeit konnte ich ihn endgültig abhängen. So, nun hatte ich endlich Gelegenheit, nach meinem neuen Herrchen zu suchen.

Aber wo sollte ich anfangen zu suchen? Ich war ja mitten im Wald und es war stockfinster. Nur der Mond schaute ab und zu durch das dichte Blätterdach.

Ich hob immer wieder meine Nase und schnupperte in alle Richtungen. Doch von meinem Herrchen war weit und breit nichts zu riechen oder gar zu sehen. Ich fühlte mich einsam und verlassen wie noch nie. Am liebsten hätte ich wie meine Vorfahren, die Wölfe, zu heulen begonnen. Ich lief die ganze Nacht hindurch kreuz und quer durch den Wald und das mir unbekannte Gelände.

Als es am Morgen zu dämmern begann, spürte ich etwas in mir, dass ich mir nie erklären konnte. Ich spürte eine Kraft in mir, die mich wie ein Magnet in eine bestimmte Richtung zog. Widerstandslos musste ich dieser Kraft folgen. Ich hatte die große Hoffnung, dass ich auf diese Weise mein Herrchen wiederfinden könnte. Leider war diese Kraft nicht immer gleich stark.

Meine Pfoten begannen zu schmerzen und ich fing zu hinken an. Trotzdem lief ich ohne Unterbrechung weiter.

Manche Hindernisse waren für mich nicht zu überwinden. Ich musste große Umwege laufen, um meine Suche nach Franz fortsetzen zu können.

Wieder wurde es Nacht. Ich wusste immer noch nicht, wo ich landen würde. Trotz schmerzender Füße lief ich pausenlos weiter. Mein Magen knurrte fast so laut wie ich, wenn ich eine Katze sah.

Als es wieder langsam hell wurde, kam ich in ein kleines Dorf. Zuerst traute ich mich gar nicht in die Nähe der Häuser. Ich hatte einfach Angst, dass mich da wieder so ein grober Metzger einfangen könnte. Aber dann sah ich, dass in den Gärten überall so Futterschüsseln unter Bäumen und Sträuchern versteckt waren. Komischerweise waren es aber Futterkörbe und keine Schüsseln und manche waren sogar aus Papier. Es war auch kein Fleisch darin, sondern bunte Eier und Hasen aus Schokolade. Leider waren die Eier und die Hasen alle in silbernes und goldenes Papier eingepackt. Da ich ja kein Affe bin, konnte ich sie mit meinen Pfoten nicht auspacken.

Egal, ich war dankbar, dass mir die Leute so viel Futter hingestellt hatten, und habe sie samt dem Papier gefressen. Manche Schokoladeneier waren mit so einer komischen Flüssigkeit gefüllt, die sehr scharf und bitter schmeckte, aber auch das war mir egal, denn ich hatte einfach nur einen riesigen Hunger.

Plötzlich fühlte ich mich so frei und hatte auch keine Angst mehr. Fröhlich, aber auch etwas schwindelig und schwankend, setzte ich die Suche nach meinem Herrchen fort.

Mein Magen begann zu drücken; vermutlich lag es an der komischen Flüssigkeit in den Eiern und dem vielen goldenen und silbernen Papier, das ich gefressen hatte. Doch die unbekannte Kraft führte mich durch weitere Dörfer und über viel befahrene Straßen. Wenn die Autofahrer auch häufig hupten, wich ich von meinem Ziel nicht ab.

Irgendwann stand ich vor einem großen Haus mit einem roten Kreuz darauf. Auf unerklärliche Weise spürte ich, dass darin mein Freund Franz war oder zumindest gewesen ist. Ständig fuhren Autos mit ebenfalls einem roten Kreuz darauf hin und her. Sogar Hubschrauber landeten vor diesem Haus. Als ich gerade überlegte, ob ich in dieses Haus hineingehen sollte, um nach Franz zu suchen, kam ein Polizeiauto und hielt neben mir an.

Zwei Männer stiegen aus und wollten zu mir herkommen. Da ich diesen nicht traute, ergriff ich wieder die Flucht und lief auf der großen Straße, auf der ich gekommen war, zurück. Doch die Männer verfolgten mich und trieben mich von dem Haus mit dem roten Kreuz weg. Meine Pfoten schmerzten und waren ganz wund. Ich konnte nicht mehr schnell laufen. Als mich die Männer beinahe eingeholt hatten, flüchtete ich in einen großen Garten und wollte mich verstecken. Es kamen noch mehrere Männer und auch Frauen hinzu und redeten auf mich ein; ich verstand kein Wort.

Endlich gefunden

Nun war meine Suche zu Ende, denn um den Garten war ein großer Zaun. Plötzlich fuhr ein Polizeiauto vor. Aus diesem Auto hörte ich meinen Namen rufen. Mich hätte beinahe der Schlag getroffen, als ich in dem Polizisten meinen lieben Franz erkannte. Wir liefen beide zum Zaun und begrüßten uns freudig. Ich konnte mich nicht mehr beherrschen und schrie wie ein kleines Kind vor Freude. Dabei krallte ich mich bei meinem Freund so fest ein, dass ich ihm gleich das Hemd zerriss. Franz holte mich aus dem Grundstück heraus und ging zu den Kollegen, die an der Suche beteiligt waren. Er bedankte sich artig für die große Unterstützung bei der Suche nach mir. Da sah ich, wie einem Polizisten die Tränen herunterliefen, als er zum Franz etwas sagte.

Franz ging zum Dienstauto und bedankte sich über so ein komisches Gerät, in das er hineinsprach, bei allen, die mich gesucht hatten. Sogar bei den Piloten, die mit dem Hubschrauber an der Suche nach mir beteiligt waren. Da hörte ich aus der komischen Maschine plötzlich eine Stimme, die sagte: „Schaut lieber, dass ihr heimkommt, das Fernsehen wartet schon auf euch!“

Als wir zum Haus von Franz kamen, warteten da schon mehrere Männer mit einem ganz merkwürdigen Kasten. In der Hand hatten sie etwas, das ausschaute wie ein Knochen mit einem Strick daran.

Mein Freund musste in diesen Knochen hineinreden und die ganze Geschichte von mir und meiner Flucht erzählen.

Endlich war ich nach diesem Abenteuer allein und konnte mich richtig satt fressen und meine Wunden lecken. Am Abend lag ich dann in meiner Hütte neben dem Ronny. Wir waren nur durch eine Bretterwand getrennt. Obwohl ich todmüde war, musste ich ihm die ganze Geschichte erzählen. Dabei erklärte ich ihm, dass ich ja versprochen hatte, dass ich den Franz finde. Ich musste ihm ja nicht sagen, dass eigentlich der Franz mich gefunden hatte.

Egal, Hauptsache, wir hatten uns gefunden! Als ich mit dem Erzählen fertig war, hob Ronny den Kopf und ich konnte in seinen Augen und an seinem Verhalten erkennen, dass er zum ersten Mal so etwas wie Bewunderung für mich übrighatte. Der Brummton, den er diesmal abgab, war viel freundlicher als sonst. Er sagte, dass es an der Zeit wäre, dass ich dem Franz nun endlich auch einmal eine Freude machen müsse. Mir fiel aber nichts Gescheites ein. Ich wusste ja, dass er sich aus Knochen und Chappi nichts machte. Die vielen Ostereier hatte ich ja schon alle gefressen.

Da fragte ich den Ronny, ob es eine gute Idee wäre, wenn ich dem Franz und all seinen Kollegen ein Gedicht schreiben würde und damit Danke sage. Ronny hat gar nicht lange überlegt und war gleich begeistert. Also fing ich gleich an zu dichten.

Franz erzählt:
Ich wusste wirklich nicht mehr, wo wir noch nach Fimo hätten suchen können.

Einmal landete der an der Suche beteiligte Polizeihubschrauber in der Nähe meines Wohnhauses. Der Pilot wollte von mir wissen, was denn das für ein besonderer Hund sei, dass so ein Aufwand betrieben wird. Ich schwindelte ihn an wie tags zuvor den Arzt im Krankenhaus. Offensichtlich hatte ich den Piloten von den außergewöhnlichen Fähigkeiten meines Hundes überzeugt, denn er ging sofort wieder in die Luft und setzte die Suche nach Fimo fort.

Nach zwei schlaflosen Nächten wollte ich die Suche am Morgen des dritten Tages aufgeben und abbrechen. Doch meine Kollegen und Bekannten waren von einem Abbruch der Vermisstensuche nicht zu überzeugen. Notgedrungen, meine Schmerzen unterdrückend und total übermüdet, musste auch ich weitersuchen. Ich ließ es mir nicht anmerken, dass ich die Hoffnung, Fimo lebend zu finden, zwischenzeitlich aufgegeben hatte.

Plötzlich hörte ich einen Funkspruch! Ein Kollege aus Garmisch-Partenkirchen meldete, dass am dortigen Klinikum ein Schäferhund herumstreiche. Es sei aber kein junger Hund, sondern ein großer, und außerdem sei er vermutlich vom Zug angefahren worden, da er stark hinke. Ich wollte gerade dem Kollegen mitteilen, dass es sich vermutlich nicht um Fimo handeln könne, da Fimo noch sehr jung sei. Während ich noch überlegte, fiel mir ein, dass ein Kollege, der mit Hunden nichts zu tun hatte, eventuell davon ausging, dass ein junger Hund auch klein sein müsse.

Sofort keimte in mir die Hoffnung auf, dass Fimo doch gefunden worden sein könnte. Es erschien mir sehr unwahrscheinlich, dass der Hund über 20 km zurückgelegt hatte und nun tatsächlich am Klinikum nach mir suchte. Er war in seinem Leben noch nie in dieser Gegend oder Umgebung. Wenn er tatsächlich den Weg über Walchensee und Wallgau genommen hätte, wären es nicht nur 20 km, sondern mindestens 37 km gewesen.

Trotzdem machte ich mich sofort auf den Weg und teilte den Kollegen in Garmisch-Partenkirchen mit, dass ich zu ihnen unterwegs bin, um den „Ausreißer zu identifizieren".

Während der Anfahrt teilte ein Kollege mit, dass er gerade in der Nähe des Klinikums eine Radarkontrolle durchführe. Soeben sei ein Schäferhund mit überhöhter Laufgeschwindigkeit vorbeigekommen, der offensichtlich von einem Polizeiauto verfolgt wird. Über Funk wurde ich von Kollegen informiert, dass sich der Hund nicht einfangen ließ. Sie hätten ihn mittlerweile in ein in der Nähe befindliches und umzäuntes Grundstück getrieben.

Da die Angelegenheit ja nun verjährt ist, gestehe ich folgende Dienstvergehen ein: Ich hatte (verbotenerweise) beide Söhne an Bord des Dienstfahrzeuges, schaltete (verbotenerweise) Blaulicht und Martinshorn ein und fuhr (verbotenerweise) mit weit überhöhter Geschwindigkeit in Richtung Garmisch-Partenkirchen.

Anmerkung:

Diese „Sonderrechte" hätte ich, nur wegen eines entlaufenen Hundes, niemals in Anspruch nehmen dürfen.

Bei meinem Eintreffen hatten mehrere Kollegen das Grundstück „vorschriftsmäßig umstellt", um eine weitere Flucht des Ausbrechers zu verhindern. Noch aus dem Fahrzeug rief ich den Namen „Fimo", denn nicht einmal ich war mir sicher oder konnte daran glauben, dass es sich um „meinen Hund" handelte. Er hinkte tatsächlich, aber die Größe stimmte schon einmal.

Nachdem ich mit meinen Söhnen das Fahrzeug verlassen hatte und zu dem Zaun eilte, passierte etwas, dass sich vermutlich für immer in mein Gedächtnis eingebrannt hat. Als Fimo mich erkannt hatte, lief er hinkend zu der Umzäunung, stieg mit den Vorderpfoten auf den Zaun und krallte sich wie eine Katze bei mir ein. Gleichzeitig begann er wie ein kleines Kind zu schreien.

Ich hatte Hunde bellen, winseln usw. gehört; aber markdurchdringend zu schreien, wie in Todesangst, war nicht nur für mich neu. Nach dieser stürmischen und emotionalen Begrüßung stellte ich fest, dass mir Fimo das Hemd zerrissen und an Brust und Armen etliche Kratzer zugefügt hatte.

Als ich mich bei den an der Suche beteiligten Kollegen bedankte, sagte einer der Kollegen mit tränenerstickter Stimme: „Du brauchst dich nicht zu bedanken, das hat dein Hund gerade selbst gemacht!"

Da wandte ich mich von den Umstehenden ab, denn sie sollten nicht sehen, dass auch ich Tränen in den Augen hatte.

Fimo ist wieder zu Hause

Nachdem ich mich bei den Anwesenden persönlich und bei allen anderen über Funk an der Suche Beteiligten bedankt hatte, wurde ich von der Einsatz-Zentrale aufgefordert, unverzüglich heimzufahren, da ein Kamerateam von SAT1 bereits wartete, um die Geschichte bekanntzumachen. Schon von der Straße aus sah ich, dass ein Kameramann und ein Reporter vor Ort waren. Ich wäre am liebsten umgekehrt, denn fotogen waren weder ich noch Fimo nach diesem strapaziösen Abenteuer.

Einen Tag nach diesem aufregenden Abenteuer ging ich mit dem stark hinkenden Hund Gassi. Fimo hatte sich bei der langen Suche nach mir seine Ballen wund gelaufen und konnte kaum auftreten. Zum Glück war er aber nicht vom Zug angefahren worden. Ich wartete also nur ab, bis er sein großes Geschäft erledigt hatte. Doch da trat etwas Ungewöhnliches zutage.

Seine Hinterlassenschaft war mit Silber- und Goldpapier durchsetzt, in dem offensichtlich wohl auch Schnapspralinen eingepackt waren. Da war mir klar, dass Fimo bei seiner Odyssee vermutlich Osternester ausgeraubt und die Suche nach mir berauscht fortgesetzt hatte.

Wenige Tage nach der abenteuerlichen Flucht und dem glücklichen Ausgang stürzten sich die Medien auf diese Geschichte.

Im Münchner Merkur und in mehreren Illustrierten wurde ausführlich und mit Fotos von Fimo und seinem „lieben Herrchen“ berichtet. Im Fernsehen wurde ein Bericht gezeigt, in dem abwechselnd Fimo und der Fernsehhund „Kommissar Rex“ eingeblendet wurden. Neben mir und Fimo war auch der Filmschauspieler Tobias Moretti mit seinem Rex zu sehen.

Menschen

Polizist Franz: Das beste Herrchen der Welt

Wahre Hundeliebe überwindet jede Distanz. Das weiß jetzt Polizeimeister Franz Steffl (49) aus Eschenlohe (Kreis Garmisch Partenkirchen) ganz genau. Seit fünf Monaten trainiert derSchutzpolizist den zweijährigen Rüden Fimo für die Hundestaffel. „Am Samstag mußte ich plötzlich mit Nieren-Koliken ins Krankenhaus", erzählt Steffl. „Natürlich ohne Fimo." Kurz darauf lief der Hund davon, um sein Herrchen zu suchen. 33 Stunden suchten die Murnauer Polizei, ein Hubschrauber und halb Eschenlohe nach dem Ausreißer. „Wir haben ihn nur wenige Straßen vom Krankenhaus entfernt gefunden. Er war die ganzen 20 Kilometer von zu Hause gelaufen. Dabei kannte er diese Gegend überhaupt nicht", sagt Steffl. Jetzt läßt der treue Hund sein Herrchen keine Sekunde mehr aus den Augen...

Franz Steffl mit seinem treuen Hund Fimo

„Die Aktuelle“

Warum haben Hunde einen sechsten Sinn?

Weil: sie mit der Natur enger verbunden sind, ihrer Intuition folgen – die wir durch unser logisches Denken ausschalten. Deshalb ahnen sie Katastrophen voraus oder können Verbindung zu Menschen behalten, auch wenn die noch so weit weg sind. Beispiel: Polizeihund Fimo aus Eschenlohe bei Garmisch. Der riß aus, um sein Herrchen zu suchen, das 20 Kilometer entfernt im Krankenhaus lag. Einen Tag später fand man das Tier. Wenige Straßen von der Klinik entfernt, in der Herrchen Franz Steffl war

„Bild der Frau“

„Das beste Herrchen der Welt“ musste sich daraufhin im Kollegenkreis so manche Spötteleien und ironische Äußerungen über sich ergehen lassen; aber wahrscheinlich war es nur blanker Neid.

Fimo erzählt:
Eines Abends erzählte mir Ronny von seinen vielen Erfolgen, die er im Laufe seiner Karriere als Polizeihund gehabt hat und dass er damit dem Franz und seinem Dienstherrn immer eine ganz besonders große Freude gemacht hat.

Da fiel mir wieder ein, dass ich ja für Franz und meine zweibeinigen Kollegen ein Gedicht machen wollte, um damit Danke zu sagen. Ich finde, dass das nachfolgende Gedicht ganz schön geworden ist ...

… war aber auch ganz schön anstrengend!

Das LOISACH-ECHO bat „Fimo“ natürlich auch um eine Stellungnahme.

Liebe Kollegen, es tut mir leid,
ich weiß inzwischen, ich ging zu weit.

Ich war in den Polizeidienst noch gar nicht richtig integriert
und durch die Krankheit meines Herrchens leicht frustriert.

Der legt sich über Ostern einfach in das Krankenhaus,
da hielt mich beim besten Willen nichts zu Haus

In der Nacht zum Ostersonntag war's so weit,
ich nützte für meine Flucht eine günstige Gelegenheit.

Viel hab ich erlebt auf dem Weg nach Süden,
es war fast zu viel für einen jungen Rüden.

Die Geschichten mit den Hundedamen will ich mir ersparen,
sonst krieg ich am Ende auch noch ein Disziplinarverfahren.

Und wenn's dumm geht, zahlt am Ende
mein Dienstherr auch noch Alimente.

Im Krankenhaus musste ich zu meinem Schreck erfahren,
mein Herrchen ist entlassen und bereits nach Haus gefahren.

Er sucht mich fast mit der ganzen Polizei
Einsatzzug[1], Hundeführer, Hubschrauber und „Loisach[2]"

---

[1] Polizeiliche Ausbildungseinheit
[2] Polizei Einsatzzentrale

Da war die Panik riesengroß
und ich lief in die falsche Richtung los.

In Kaltenbrunn, mein lieber Scholli
lief ich glatt in eine Radarkontrolle.

Die Folge für mich war ein Laufverbot für lange Zeit,
doch ich seh's ein, ich lief zu schnell und ging zu weit.

Man sperrte mich auch sogleich ein
und kurz darauf traf auch schon das Fernseh'n ein.

Die wollten doch glatt von mir ein Interview,
doch ich war platt und wollt nur noch meine Ruh.

Noch eins, bei meiner Hundeehre,
die Geschichte war mir eine Lehre.

Die bayrischen Schandi[1] „san scho Hund"[2],
bei so einer Fahndung geht's ganz schön rund.

Ich dank euch allen sakrisch nun zum Schluss
und verbleib als euer Fimo Weidenbusch.

---

[1] Bayer. Ausdruck für Gendarm oder Polizist
[2] „sind schon Hund" hohe bayrische Auszeichnung bzw. Lob

Franz erzählt:
Das Gedicht vom Fimo kam bei meinen Kollegen und der Polizeiführung so gut an, dass es sogar in der Polizeizeitung (Loisach-Echo) veröffentlicht wurde.

Fimo erzählt:
Am Anfang dachte ich mir, dass der Ronny übertreibt, als er sagte, dass er sogar einmal als erfolgreichster Schutzhund in Oberbayern ausgezeichnet wurde. Ich konnte mit offenem Maul nur immer wieder waauuu ... sagen.

In dieser Nacht erfuhr ich zum ersten Mal, dass ich zum Nachfolger von Ronny bestimmt war und ebenfalls ein Polizeihund werden sollte. Da begannen meine Pfoten zu zittern und ich hätte am liebsten wieder ein paar so komische Pralinen zur Beruhigung gefressen.

Als dann auch noch in Zeitungen und Zeitschriften Bilder von mir und Herrchen Franz erschienen und von meiner Odyssee berichteten, war ich schon mächtig stolz auf mich.

Trotz des Ruhmes wollte ich aber die Sache nicht noch einmal wiederholen. Ich glaube, dass auch der Franz die Schnauze voll hatte.

Ronny und ich beäugten und beobachteten uns ständig. Einmal sah ich, wie Ronny zu einem Baum lief, dort seinen Fuß hob und sein kleines Geschäft erledigte. Das hatte ich noch nie gesehen, denn bei meinem Metzger war ich ja nur eingesperrt und hatte keinen Baum zur Verfügung. Aus diesem Grunde habe ich mich immer wie ein Hundemädchen benommen und mich für derartige Geschäfte hingekauert.

Ich wollte es dem Ronny gleichtun, lief sofort zu demselben Baum und hob meinen Fuß, wie ich es bei Ronny gesehen hatte. Leider hatte ich nicht gut aufgepasst und hob den falschen Fuß. Als ich meinen Fehler bemerkte, wollte ich diesen sofort korrigieren, um mich nicht zu blamieren. Doch der schnelle Fußwechsel hätte beinahe zum Sturz geführt. Im Anschluss kam es aber doch noch zu einem guten Geschäftsabschluss. Ich glaube heute noch, dass ich damals den Ronny lachen hörte.

Bald merkte ich, dass der Franz immer für ein Späßchen zu haben war. Als ich einmal alleine mit ihm an den schönen Osterseen Gassi ging, kam uns ein Pärchen entgegen. Beim Näherkommen hörte ich die Frau, wie sie zu ihrem Begleiter immer wieder sagte: „Ein schöner Kerl – ein schöner Kerl!“ Als wir auf gleicher Höhe waren, wiederholte die Frau noch einmal diese Worte.

Daraufhin sagte der Franz doch tatsächlich zu dem Pärchen: „Ja, ja, aber der Hund ist auch ein hübscher Kerl, finden Sie nicht?“

Die Frau wollte das Missverständnis sofort aufklären, als ihr bewusst wurde, dass mein Herrchen sie auf den Arm genommen hatte.

Franz erzählt:
Ich war der Meinung, dass sich die beiden Hunde mittlerweile aneinander gewöhnt hatten und ich sie auch gelegentlich und kurzfristig alleine lassen könne. Doch wegen eines Balles (den Fimo als Beute sichern wollte) machte Ronny dem Fimo seine Vormachtstellung noch einmal sehr deutlich. Es kam zu einem schwerwiegenden Kampf, bei dem Fimo leider dem kampferprobten Ronny unterlag. Dies war ein erneuter Rückschlag für Fimo und seiner Ängstlichkeit und Unsicherheit nicht förderlich.

Mit sehr viel Geduld und Zuwendung gelang es mir aber, die beiden Hunde, vorerst allerdings nur unter Aufsicht, gemeinsam frei laufen zu lassen.

Nach dieser „Kraftprobe“ waren aber die Machtverhältnisse ein für alle Mal geklärt.

Fimo und Ronny werden langsam Kameraden

Fimo erzählt:
Bald war es so weit. Ich durfte zusammen mit Ronny in einem echten Polizeiauto mitfahren. Zum Glück brauchte ich nur Zuschauer sein. Ich konnte mir beim besten Willen nicht vorstellen auch einmal so ein toller Polizeihund zu werden. Aber Ronny tröstete mich und meinte, dass ich das schon noch lernen würde, wenn ich einmal in der Polizeischule war.

In einer Nacht, als Ronny und ich wieder einmal gelangweilt in unseren Hütten lagen, bat ich Ronny, dass er mir doch immer wieder einmal von seinen Erfolgen und seinen Erlebnissen erzählen solle. Ich war inzwischen sehr wissbegierig und hoffte, von den Geschichten zu profitieren.

Eine der ersten Geschichten war sehr spannend aber zugleich lustig. Ein aufmerksamer Bürger in Penzberg verständigte die Polizei, dass gerade vier Jugendliche einen Zigarettenautomaten am Sportheim aufbrachen. Sofort fuhren der Franz, ein Kollege und der Ronny zum Tatort. Der Kollege fuhr einen VW-Bus, Franz und Ronny saßen hinten. Als die vier Täter den Bus kommen sahen, flüchteten drei der Täter in das angrenzende Sportgelände. Der Kollege, der das Dienstauto gefahren hatte, verfolgte die Drei auf dem Sportplatz.

Der vierte Täter lief mit einer Brechstange stadteinwärts, wo ihn Ronny von der bereits geöffneten Schiebetür gut sehen konnte. Sofort nahm Ronny die Verfolgung auf. Als er den Flüchtigen fast eingeholt hatte, warf dieser die Brechstange weg. Er drehte sich um und blieb ruhig stehen. Nun durfte Ronny ihn leider nur noch verbellen, was ihm aber angeblich gar nicht gefiel.

Da sagte der Jugendliche zum Franz: „Tun Sie bitte den Hund weg ich muss pieseln!" Ronny sah aber den größer werdenden dunklen Fleck auf der Hose des Flüchtigen und war mit dem Ergebnis seiner Verfolgung sehr zufrieden.

Franz erzählt:
Auch ich sah, dass der Geflüchtete vor lauter Angst in die Hose gepinkelt hatte. Als er mich bat, den Hund festzuhalten, sagte ich zu ihm: „Jetzt ist es eh schon zu spät!" Nachdem ich von dem jungen Mann den Personalausweis verlangt hatte, sagte dieser von sich aus: „Ich geb es zu, der ist gefälscht!" (was auch stimmte.) Der andere Kollege kam von seiner Verfolgungsjagd ohne Erfolg zurück. Aber der Festgenommene und von Ronny bewachte Täter nannte sofort die Namen von seinen drei Kumpanen. Nach deren Festnahme konnte ein großes Diebeslager ausgehoben und 50 weitere Straftaten geklärt werden.

Vorbereitung auf den Grundlehrgang (A-Lehrgang)

Ich hatte das Gefühl, dass Fimo aufgrund seiner traumatischen Erlebnisse noch nicht so weit war, um bei einem sechswöchigen Grundlehrgang anzutreten und vor allem die schwierige Prüfung zu bestehen. Aber die Zeit für das Hinauszögern und der Ausreden war vorbei. Meine Vorgesetzten, und natürlich auch die von Fimo, drängten nun energisch darauf, endlich der Wahrheit ins Auge zu schauen. Der Lehrgang fand in der Oberpfalz bei Furth im Wald an der dortigen Hundeschule statt.

Als Fimo bei unserem Eintreffen die vielen fremden Menschen und Hunde sah, bemerkte ich sofort, dass bei ihm wieder eine unglaubliche Unsicherheit und Angst auftrat.

Bei der Hundeschule befand sich eine große und beheizte Zwinger-Anlage. Neben unserem Grundlehrgang fanden noch einige Parallellehrgänge statt, weshalb die Zwinger-Anlage fast vollständig belegt war. Am Abend brachte ich Fimo in die Anlage in den ihm zugeteilten Zwinger. Dutzende Hunde bellten ohne Unterlass lautstark. Sofort fing Fimo wieder in dem Zwinger an zu kreisen. Mir war sofort klar, dass sich Fimo an die schmachvolle Zeit seiner ersten Lebensmonate bei dem Metzger erinnerte.

Was tun? Es war streng verboten, den Diensthund über Nacht im Auto zu belassen. Andererseits würde Fimo die ganze Nacht Panik schieben und am darauffolgenden Tag gestresst und unausgeschlafen die Überprüfung niemals überstehen.

Also suchte ich den Lehrgangsleiter auf und schilderte ihm die Situation. Nachdem er sich selbst von meinem „Kreisläufer" überzeugt hatte, gestattete er mir als Einzigem, meinen Hund über Nacht im Dienstauto zu lassen, da er sich nur dort einigermaßen sicher fühlte.

Im Bayerischen Wald herrschen zu dieser Jahreszeit eisige Temperaturen. Wenigstens konnte ich mit der Standheizung im Dienstfahrzeug für etwas Wärme sorgen und hoffen, dass Fimo in der vertrauten Umgebung „seines Autos" Ruhe finden würde.

Am Montag der ersten Lehrgangswoche brach die Stunde der Wahrheit an. Nacheinander mussten die Hundeführer ihre Hunde präsentieren und zeigen, was sie alles draufhatten. Mutig ignorierten Fimo und ich die abschätzigen Blicke der Ausbilder und der anderen Kollegen, als wir unser „Können zeigten". Nur mit viel Zuspruch war Fimo zu bewegen, eine Kostprobe seines bis dahin Gelernten zu zeigen. Die Vorführung war aber keinesfalls dazu angetan, die Prüfer positiv zu stimmen. Es kostete mich anschließend viel Überzeugungskraft, die Lehrgangsleitung und die Ausbilder zu überreden, uns nicht schon am ersten Lehrgangstag nach Hause zu schicken.

Letztlich dürfte aber unter anderem auch die Geschichte seiner erfolgreichen Suche nach mir im Krankenhaus dazu beigetragen haben, dass wir beide eine Chance bekamen und bleiben durften. Des Weiteren hatten die Ausbilder vermutlich auch erkannt, dass ich unerschütterlich an Fimo und seine Fähigkeiten glaubte und uns eine besondere Freundschaft verband. In den nächsten Tagen gab sich Fimo sehr viel Mühe, allen zu beweisen, dass er die feste Absicht hatte, ein Polizeihund zu werden. Trotzdem waren wir beide froh, als das Wochenende kam und wir in unsere Heimat fahren und uns wenigstens an zwei Tagen erholen konnten.

Bei der langen Heimfahrt ließ ich die Lehrgangswoche noch einmal Revue passieren.
Wieder einmal zweifelte ich, ob ich nicht doch einen Fehler mit Fimo gemacht hatte, weil ich ihn anfangs nicht dem Züchter zurückgegeben hatte, wie es mir von verschiedenen Seiten immer wieder dringend geraten wurde.

Als ich aber im Rückspiegel in seine Augen schaute, habe ich diese Gedanken sofort verworfen. Damals konnte ich noch nicht ahnen, dass mir der Fimo mein Festhalten an ihn vielfach zurückzahlen würde.

Fimo erzählt:
Daheim habe ich mich erst einmal richtig satt gefressen. Dann sperrte mich der Franz in den Freilauf

zum Ronny. Nun musste ich dem Ronny erzählen, wie es auf der Hundeschule so war. Ronny hat sich meine Geschichte angehört und natürlich sofort gemerkt, dass ich ziemlich betrübt und unzufrieden mit mir selbst war. Er übte aber keine Kritik. Vielmehr versucht er mich mit seinen lustigen Erlebnissen aufzuheitern. Besonders nett fand ich die Geschichte, als der Ronny mit dem Franz bei einem Ferienprogramm für Kinder für Spannung und Unterhaltung sorgen mussten.

Leider konnte ein Schutzdiensthelfer (den Ronny fangen und beißen hätte sollen) nicht kommen. Franz und Ronny mussten die ganze Stunde alleine gestalten. Bevor es den Kindern langweilig wurde, hatte Franz eine gute Idee. Er fragte die Kinder, was sie für Vorstellungen hatten, was so ein Polizeihund alles können müsse.

Sofort legten die Kinder los: „Räuber fangen, Lumpen fangen, Verbrecher fangen, Gangster fangen und so weiter und so weiter ...!“

Endlich meinte ein kleines Mädchen, dass ein Polizeihund auch suchen muss. Franz war scheinbar sehr erleichtert über diese Antwort.

„Ja, genau“, sagte er, „so ein Polizeihund riecht ja tausendmal besser als ein Mensch.“

Da sagte ein anderes kleines Mädchen: „Aber unser Hund stinkt furchtbar!“

Nach dieser lustigen Geschichte, die Ronny erlebt und mir erzählt hatte, wurde meine Stimmung wieder besser.

Leider ging das Wochenende viel zu schnell vorbei und wir mussten wieder Richtung Hundeschule fahren. Mir graute richtig vor der Vorstellung, dass ich nun wieder die ganze Nacht alleine in dem eiskalten Polizeiauto verbringen musste. Aber das war mir lieber, als mit etlichen fremden und ständig bellenden Hunden unter einem Dach zu schlafen.

Die neue Woche ging genauso los, wie die alte aufgehört hatte. Den ganzen Tag suchen, folgen und fremde Leute beißen, die mir gar nichts getan hatten. Da habe ich zum ersten Mal verstanden, warum die Leute immer sagen: „So ein Hundeleben!"

So sehr ich mich auch anstrengte, die Ausbilder waren mit mir offensichtlich immer noch nicht so recht zufrieden. Sogar der Franz sah mich manchmal ganz nachdenklich an.

Franz erzählt:
Die Ausbildung setzt sich aus drei Teilen zusammen. Unterordnung, Nasenarbeit und Schutzdienst. In allen drei Teilen hatte Fimo aber immer noch erhebliche Defizite. Je mehr wir uns dem Lehrgangsende näherten, umso nervöser wurden Fimo und ich.

So kam es, wie es kommen musste. Fimo ratterte durch die Prüfung. Bei der Abschlussfeier am Abend des letzten Tages in der Kantine war ich frustriert wie selten zuvor und konnte der ausgelassenen Stimmung meiner Kollegen nichts abgewinnen.

Zu Hause musste ich diese Niederlage erst einmal meiner Familie beibringen.

Mir blieb nichts anderes übrig als nach vorne zu schauen und Fimo und mich auf den Wiederholungslehrgang intensiv vorzubereiten. Dieser Lehrgang sollte in ca. drei Monaten stattfinden. Würde Fimo nochmals scheitern, wäre seine Karriere bei der Polizei definitiv beendet und ihm drohte die Rückkehr zu dem Metzger.

Ich glaube, das war auch dem Fimo bewusst, denn an seinem Verhalten und seinem Fleiß war deutlich zu spüren, dass er nun die Beamtenlaufbahn einschlagen wollte.

Die größte Herausforderung zur Vorbereitung des Wiederholungslehrganges bestand darin, das Selbstvertrauen bei Fimo zu stärken.

Nach ca. drei Monaten intensiver Vorbereitung und Arbeit fand ich, dass Fimo viel selbstbewusster und mutiger auftrat. Auch ich war zuversichtlicher, dass wir den Wiederholungslehrgang diesmal schaffen könnten.

Wiederholungs-Lehrgang

Zum Glück fand der Lehrgang diesmal in Dachau bei der dortigen Bereitschaftspolizei, vor allem aber zu einer wärmeren Jahreszeit statt. Die Ausbilder wussten natürlich von den Problemen, die Fimo hatte, und gaben sich redlich Mühe, uns zu unterstützen und zu fördern. Ein Ausbilder meinte es besonders gut mit uns und erklärte mir, dass ich bei den Unterordnungsübungen härter vorgehen müsse. Er wollte mir das zeigen, indem er Fimo an die Leine nahm.

Ich weiß nicht, was in dem Moment in Fimo vorging. War es eine Demonstration seiner Stärke oder Unsicherheit, oder hat er den Ausbilder einfach nur mit einem Baum verwechselt? Jedenfalls hob er plötzlich sein Bein und pinkelte dem Ausbilder auf die Hose und die Schuhe.

Die Umstehenden begannen lauthals zu lachen. Ich aber stand wie zur Salzsäule erstarrt daneben. Würde der Ausbilder nun den Fimo für sein Tun bestrafen und damit das bisher Erreichte wieder gefährden? Wider Erwarten meisterte der Ausbilder diese kritische Situation aber sehr souverän.

Er bückte sich zu Fimo und sagte lächelnd: „So, Fimo, jetzt wirst endlich a Hund und traust dich was!“

Fimo erzählt:
Ich spürte, dass ich mich nun wirklich am Riemen bzw. an der Leine reißen musste. Jetzt wollte ich alles dafür tun, um ein guter Polizeihund zu werden und meinem Herrchen Franz eine Freude zu machen. Als mich aber auf dem neuen Hundeübungsplatz ein Ausbilder an die Leine nahm, um meinem Herrchen zu zeigen, wie er mit mir umgehen müsse, platzte mir der Kragen.

Zuerst wollte ich ihn in den Arsch beißen. Aber dann dachte ich mir, dass es für den Anfang reichen müsste, wenn ich ihm ans Bein pinkle. Ich erschrak selbst über meinen Mut und war ganz überrascht, als der nasse Ausbilder sagte, dass ich nun endlich ein Hund werde. Wenn das die Voraussetzung dafür war, konnte er das jeden Tag haben.

Langsam gefiel es mir an der Hundeschule immer besser. Ich merkte auch, dass der Franz mit mir zufrieden war. Trotzdem freute ich mich schon wieder auf das Wochenende, denn dann würde mir der Ronny bestimmt wieder spannende und lustige Geschichten erzählen. Besonders spannend fand ich diese Geschichte:

Ronny und Franz hatten in einem Wald in der Nähe der Autobahn einen Erdbunker entdeckt. Fast täglich gingen sie zu dem Bunker und Ronny musste nachschauen, ob darin etwas Verdächtiges passierte.

Als sie wieder einmal bei dem Bunker waren, hörten sie aus Richtung der Autobahn Schüsse. Da das

Polizeiauto mit dem Funkgerät weit weg auf der Straße parkte, konnten sie keine Verstärkung anfordern. Angeblich hat Romy dem Franz zu verstehen gegeben, dass sie das schon allein schaffen würden. Also schlichen sie leise und vorsichtig durch den Wald in Richtung Autobahn.

Am Wildzaun neben der Autobahn hatten sich drei Jugendliche hinter einem Gebüsch versteckt und einer saß sogar auf einem Baum. Sie schossen mit Pistolen und einem Gewehr auf die vorbeifahrenden Fahrzeuge auf der Autobahn. Auf Kommando stürmten Ronny und der Franz aus ihrem Versteck auf die Burschen zu. Franz schrie: „Waffen weg und Hände hoch, sonst frisst euch mein Hund!„

Der Jugendliche, der auf dem Baum gesessen hatte, fiel vor lauter Schreck herunter. Alle warfen ihre Waffen auf den Boden. Ronny nahm an, dass sie das taten, weil er mit seinen Zähnen und Franz mit seiner Pistole gedroht hatte. Franz erklärte den vieren die Festnahme und führte sie unter ständiger Beobachtung durch Ronny aus dem Wald zum Dienstfahrzeug. Ronny war richtig stolz, als Franz über Funk Verstärkung anforderte und sagte: „Der Ronny und ich haben gerade vier Gefangene gemacht!“

Nach dieser Erzählung durch Ronny konnte ich lange nicht einschlafen. Ständig überlegte ich, ob ich in so einer Situation ebenfalls einmal so ein cooler Hund wie Ronny werden würde. Leider ging das Wochenende viel zu schnell vorbei. Franz und ich mussten wieder zur Hundeschule fahren. Doch ich fand immer mehr Spaß am Lernen und Üben, denn ich wollte ebenso ein so guter Polizeihund wie Ronny werden.

Franz erzählt:
Fimo steigerte sich von Tag zu Tag und von Woche zu Woche. Aus dem ängstlichen Hund wurde langsam ein selbstbewusster Kämpfer. Diesen Eindruck hatten offensichtlich auch die Ausbilder gewonnen. Sie trauten dem Fimo und mir nun zu, dass wir am Ende des sechswöchigen Wiederholungslehrganges die Prüfung schaffen könnten. Trotz der sichtbaren Erfolge freuten sich Fimo und ich immer wieder auf das Wochenende. Ich freute mich auf meine Familie und Fimo offensichtlich auf Ronny.

Es war schön anzusehen, wie sie die Köpfe zusammenstecken und sich vermutlich austauschten. Aus zwei Feinden waren offensichtlich vierbeinige Kameraden geworden.

Leider gingen die Wochenenden wie immer viel zu schnell vorbei; unaufhaltsam näherten wir uns dem Lehrgangsende und damit der Abschlussprüfung.

Fimo erzählt:
Das Wochenende war wieder einmal sehr schön, trotzdem fragte ich mich, wie lange ich noch auf die Hundeschule gehen müsse. Ich wäre viel lieber immer in der Nähe vom Ronny gewesen und hätte mir seine interessanten Geschichten angehört.

An diesem Wochenende hat er mir Folgendes erzählt: „Ich lag bei der Polizei unter dem Schreibtisch meines Herrchens. Plötzlich kam ein Mann herein, der voller Blut war. Er erzählte, dass er soeben in seiner Wohnung von zwei Männern mit Baseballschlägern zusammengeschlagen worden sei. Bei der Flucht durch die geschlossene Glastüre habe er sich zusätzlich verletzt. Auf der Straße hätten die beiden ihn mit dem Auto verfolgt und wollten ihn überfahren.“

Als Ronny dies hörte, habe er gewusst, dass dies ein Fall für ihn ist. Sofort lief er zur Türe und wartete auf Franz. Mit noch einem Kollegen fuhren sie zu dritt zu der Wohnung des Verletzten. Da sahen sie, wie die beiden Schläger mit ihrem Auto flüchteten.

Sofort nahmen sie zu dritt die Verfolgung mit dem Polizeiauto auf. Bei einem Baulager fanden sie das leere Fluchtfahrzeug mit geöffneten Türen. Da der Maschendrahtzaun zum angrenzenden Sportgelände noch wackelte, wussten sie, dass die beiden Lumpen auf dieses Gelände geflüchtet waren. Da packte Franz den Ronny, hob ihn über den Zaun und gab ihm den Auftrag, die beiden zu fangen. Er hatte sie schnell hinter einer Hecke gefunden. Er fletschte seine Zähne und bellte sie lautstark an. Als einer fliehen wollte, sagte der andere zu ihm: „Bleib bloß stehen, das ist der Ronny. Der frisst dich sonst, das ist ein scharfer!“

Ronny sagte zu mir: „Damals war ich richtig stolz, dass ich in der Unterwelt schon so bekannt und berüchtigt war“, und ich war froh, so einen tollen Hund als Lehrmeister zu haben.

Franz erzählt:
Nun kam also die entscheidende letzte Lehrgangswoche mit der Abschlussprüfung. Mit gemischten Gefühlen fuhr ich mit Fimo in Richtung Dachau.

Ich war mir bewusst, dass bei einem erneuten Scheitern Fimo aus dem Polizeidienst entlassen werden würde. Auch mein Traumjob als Hundeführer wäre beendet und ich würde wieder im Streifendienst eingesetzt werden.

Selbst wenn mir mein Dienstherr noch einen Diensthund angekauft hätte, wäre dies aus privaten Gründen, auch meiner Familie gegenüber, unverantwortlich gewesen, denn dann hätte ich drei Hunde zu versorgen gehabt.

Auch Fimo schien zu spüren, dass etwas Außergewöhnliches bevorstand.

Am Dienstag der letzten Lehrgangswoche ging es mit der Fährtenprüfung los. Ein Ausbilder hatte eine ca. 300 m lange Fährte in Form eines U gelegt, die ungefähr eine Stunde alt war.

Anmerkung:
Eine Fährte ist im Gegensatz zu einer Spur nicht sichtbar. Der Fährtenleger verletzt beim Begehen einer Wiese oder eines Ackers Gras, Kleinstlebewesen usw. und hinterlässt dabei Duftmoleküle, die der Hund mit seiner feinen Nase wahrnimmt.

Bei der Fährtensuche wird eine zehn Meter lange Leine verwendet, an der der Hundeführer in diesem Abstand hinter dem Hund hergeht. Wenn der Hund den ersten Gegenstand verwiesen (gefunden) hat, muss er sich vor diesem ablegen, so sodass der Gegenstand zwischen seinen Pfoten liegt.

Der Hundeführer geht daraufhin zu seinem Hund, nimmt den Gegenstand auf und hebt ihn zum Nachweis des Fundes in die Höhe.

Vorschriftsmäßig strammstehend, meldete ich mich und Fimo beim Prüfer an.

Aus den Augenwinkeln beobachtete ich Fimo. Wie würde er sich dem Prüfer gegenüber verhalten? Denn immerhin handelte es sich bei dem Mann um die Person, die er einmal am Lehrgangsanfang angepinkelt hatte. Aber Fimo und auch der Prüfer gaben sich, zumindest äußerlich, unbeeindruckt.

Nach dem Anlegen des Fährten-Geschirres nahm ich Fimo an die zehn Meter lange Fährtenleine. Fimo war offensichtlich sehr gut drauf, denn er zog sofort richtig los und suchte mit tiefer Nase.

Alsbald legte er sich korrekt vor dem ersten Gegenstand ab.

Auf der Fährte waren drei kleine Gegenstände (z.B. Geldbörsen, Schlüsselbund usw.) versteckt, die Fimo verweisen musste.

Fimo verwies im Laufe der Fährtenstrecke auch die anderen beiden Gegenstände und nahm selbst die Winkel ohne Fehler musterhaft.

Ich war mit der Leistung von Fimo mehr als zufrieden und meldete mich ordnungsgemäß bei dem Prüfer ab. In diesem Moment war mir nicht klar, ob Fimo etwas im Auge hatte oder ob er dem Prüfer tatsächlich verschmitzt zugeblinzelt hat.

Fimo erzählt:
Als mir der Franz dieses Mal das Fährtengeschirr anlegte und mich an eine lange Leine nahm, spürte ich, dass heute ein besonderer Tag war. Franz stellte sich mit mir genau vor den Polizisten, den ich einmal nassgemacht hatte. Er legte seine Hand an die Mütze und sagte etwas zu dem Polizisten, der sehr streng schaute.

Ich habe aber außer meinem Namen nichts verstanden und wusste deshalb nicht genau, ob ich den Polizisten erneut anpinkeln sollte oder musste.

Franz zeigte mir, wo ich anfangen musste zu suchen, und ging an der langen Leine hinter mir her. Schräg hinter mir ging aber der komische Polizist und schrieb ständig irgendetwas auf einen Zettel. Das machte mich ganz schön nervös und gereizt. Aus diesem Grund habe ich schneller gesucht, da ich das Ganze bald hinter mich bringen wollte.

Als ich fertig war, hat mich der Franz richtig gelobt. Da auch der Polizist scheinbar mit mir zufrieden war, habe ich ihm freundlich zugeblinzelt und mir vorgenommen ihn nicht noch einmal anzupinkeln.

Franz erzählt:
Den Vormittag des ersten Prüfungstages hatten wir zufriedenstellend geschafft. Am Nachmittag folgte der zweite Teil der sogenannten Nasenarbeit und zwar das Stöbern nach Gegenständen.

Die Prüfer hatten, wie bei der Fährte, für jeden vierbeinigen Prüfling drei Gegenstände (z.B. Schlüsselbund, Geldbörsen oder Ähnliches) im Wald versteckt. Die Gegenstände waren unter Blättern, Bäumen oder Wurzeln verborgen. Nun mussten die Hunde den großen abgesteckten Bereich selbstständig absuchen.

Wenn ein Hund einen Gegenstand gefunden hat, muss er sich wie bei der Fährte selbstständig so ablegen, dass sich der Gegenstand zwischen seinen Pfoten befindet.

Auch diesen Teil der Prüfung hat Fimo zufriedenstellend gemeistert.

Jetzt war erst einmal Feierabend. Fimo belohnte ich mit einer großen Wurst und mich mit einem großen Bier (ehrlich gesagt, es können auch so um die drei gewesen sein).

Schon am nächsten Tag ging es mit dem zweiten Teil der Prüfung weiter. Unterordnung war angesagt! Fimo hatte offenbar den ersten Prüfungstag gut verdaut und eine ruhige Nacht verbracht, denn er begrüßte mich am Morgen freudig und erwartungsvoll.

Bei der Unterordnung muss der Hund eine ganze Reihe von Übungen in der Freifolge (also ohne Leine) zeigen. Zuerst einmal muss er auf das Kommando „Fuß“ eng und aufmerksam an der linken Seite des Hundeführers mitmarschieren. Sobald der Hundeführer stehen bleibt, hat sich der Hund selbstständig schnell und eng an der linken Seite seines Herrchens hinzusetzen.

Auf das Kommando „Steh“ hat er unverzüglich stehen zu bleiben, während der Hundeführer weitergeht. Nach ca. 20 m dreht sich der Hundeführer zu dem stehenden Hund um. Aus der Entfernung ruft der Hundeführer seinem Hund „Platz“ zu, der sich daraufhin sofort hinlegen und auf das Hörzeichen „Sitz„ aufsitzen muss.

Auf das Kommando „Hier„ muss der Hund zu seinem Herrchen laufen, sich vor ihm absitzen und auf den Befehl „Fuß„ in die Ausgangsposition an die linke Seite seines Führers zurückkehren.

Es folgen noch eine ganze Reihe an Übungen.

Zum Beispiel muss er eine ein Meter hohe Hürde überspringen, dahinter stehen bleiben und erst wieder auf Kommando zu seinem Herrchen zurückspringen.

Er muss eine zwei Meter hohe Schrägwand überklettern, dahinter einen Gegenstand aufnehmen, zurückklettern und den Gegenstand seinem Herrchen übergeben.

Diese und noch weitere Prüfungsübungen hatte Fimo auch an diesem Tag zu meiner Zufriedenheit absolviert. Jedenfalls wurde unsere Prüfung am Abend mit „sehr gut“ bewertet.

Fimo erzählt:
Das war ein richtig verrückter Tag. Ich hörte immer nur Kommandos wie „Fuß“, „Sitz“, „Platz“, „Steh“ usw. von meinem Herrchen Franz. Ich war mir gar nicht mehr sicher, ob ich in der Aufregung nicht einiges durcheinandergebracht habe. Außerdem hat mich der komische Polizist mit dem Zettel heute wieder besonders aufgeregt. Ich wurde ständig von ihm beobachtet und dann schrieb er immer wieder etwas auf seinen Zettel.

Als mich aber der Franz am Abend mit einer großen Wurst belohnte, hatte ich das Gefühl, dass ich gar nicht so schlecht war. Hoffentlich war der kommende Tag nicht wieder so hundsgemein anstrengend.

Müde legte ich mich hin und schlief auch gleich ein. Die Wurst, von der ich träumte, war noch viel größer als die, die ich am Abend vom Franz bekommen hatte.

Franz erzählt:
Nun brach der letzte Prüfungstag an; Schutzdienst war angesagt. Eine Disziplin, die mir am meisten Sorge bereitete. Hier musste Fimo eine außergewöhnliche Härte an den Tag legen.

Ich durfte gar nicht an die Anfangszeit zurückdenken, als ich Fimo als extrem ängstlichen und unsicheren jungen Schäferhund erhielt.

Heute hatte Fimo seinen Mut unter Beweis zu stellen. Drangvoll und schnell musste er verschiedene Verstecke selbstständig absuchen. In einem dieser Verstecke stand der sogenannte Figurant mit Schutzkleidung und einem Stock in der Hand.
Solange sich dieser ruhig verhielt, durfte ihn Fimo nur verbellen.

Anmerkung:
Verbellen heißt, wenn z.B. ein Flüchtiger ruhig stehen bleibt, von ihm keine Aggressivität ausgeht und er nicht zu fliehen versucht, darf ihn der Hund nur bewachen.

Ich trat hinzu, um den „Räuber“ zu durchsuchen und ihn aufzufordern, die Waffe wegzuwerfen. Plötzlich griff mich der „Lump“ an. Dies war der Moment, in dem Fimo unaufgefordert und schnell diesen Angriff abwehren, blitzschnell aufspringen und den Täter in den geschützten Arm beißen und festhalten musste.

Nachdem Fimo diesen Abschnitt mustergültig gemeistert hatte, forderte ich ihn auf, von der Person abzulassen und ihn weiter zu bewachen. Ich erklärte dem Täter die Festnahme und führte ihn unter ständiger Beobachtung durch Fimo zu den Kollegen und übergab den Mann an diese.

Abschließend hatte Fimo noch die „Lange Flucht“ zu meistern. Hierzu nahm ich mit Fimo einen Lauerposten hinter einem Gebüsch ein. In sehr großer Entfernung trat plötzlich eine Person aus dem Wald. Ich musste sie dreimal anrufen, dass sie stehen bleiben soll oder ich ansonsten den Hund einsetze. Da die Person der Aufforderung nicht nachkam, schickte ich Fimo der flüchtenden Person nach. Fimo hatte durch einen kräftigen Zubiss die Flucht zu stoppen und den Mann, der mit einer bissfesten Kleidung geschützt war, bis zu meinem Eintreffen zu bewachen, um einen weiteren Fluchtversuch zu verhindern.

Endlich war also der dritte und letzte Teil der Prüfungswoche geschafft. Ich war überzeugt, dass Fimo seine Sache sehr gut gemacht hatte.

Ich war positiv überrascht, wie mutig und drangvoll Fimo im Schutzdienst zur Sache gegangen war.

Nun waren also die Prüfungen zu Ende, und ich war schon neugierig, wie das Prüfungszeugnis am nächsten Tag ausfallen würde.

Am Freitag der letzten Lehrgangswoche mussten wir uns im Lehrsaal versammeln. Der Schulleiter persönlich überreichte uns feierlich die Urkunden.

Er fing mit dem Hundeführer an, der von den 14 Teilnehmern am schlechtesten abgeschnitten hatte. So arbeitete er sich immer weiter vor. Als ich bei Platz 8 immer noch nicht aufgerufen wurde, hatte ich schon Bedenken, ob sie Fimo und mich nicht vergessen hatten. Aber die Überreichung der Urkunden ging weiter.

Plötzlich und unerwartet wurden bei Platz drei Fimo und ich aufgerufen. Ich konnte es nicht glauben, dass Fimo und ich es von 14 Lehrgangsteilnehmern auf den dritten Platz mit dem Prädikat „sehr gut“ geschafft hatten. Mit zitternden Händen nahm ich die Urkunde entgegen und konnte dabei eine Freudenträne nicht zurückhalten.

Fimo hatte entgegen aller Aussagen von sogenannten „Fachleuten“ eine schwierige Prüfung zum Polizeihund mit Auszeichnung bestanden.

Ich war dankbar und glücklich, dass ich trotz aller Zweifel immer an Fimo festgehalten hatte. Er hatte mir das Vertrauen und den Glauben an ihn vielfach zurückbezahlt.

Damals konnte ich noch nicht ahnen, dass dies erst der Anfang einer beispiellosen Karriere von Fimo werden sollte.

Endlich durften Fimo und ich einem unbeschwerten Wochenende entgegenfahren.
Aber leider waren wie immer am Wochenende sämtliche Straßen in Richtung Berge verstopft. Dabei konnte ich es kaum erwarten heimzukommen und allen von unserem riesigen Erfolg zu berichten.

Ich war (wieder einmal) versucht, am Dienstauto verbotenerweise Blaulicht und Martinshorn einzuschalten, um in dem Stau schneller voranzukommen. Selbst Fimo legte sich nicht wie gewöhnlich hin, sondern schaute immer nur in Fahrtrichtung aus dem Fenster.

Zu Hause präsentierte ich meiner Familie stolz die Urkunde. Alle waren überglücklich, denn nun stand fest, dass Fimo endgültig bei uns bleiben durfte.

Fimo schien aber genug von der menschlichen Zuneigung und dem Lob zu haben. Offensichtlich wollte er zu seinem Freund Ronny in die Zwingeranlage, denn er ging von der Türe nicht weg.

Fimo erzählt:
An diesem Tag war irgendwie alles anders. Franz kam aus dem Haus von der Hundeschule heraus und hielt mir einen Zettel unter die Nase. Ich konnte aber nichts Außergewöhnliches daran riechen.

Dann streichelte und drückte er mich auch noch ohne Unterlass und sagte: „So, Fimo, jetzt bist du auch ein Polizeihund!“

Da wollte ich nur noch heim zu Ronny und ihm alles erzählen.

Daheim musste ich erst einmal etliche Streicheleinheiten von der Familie vom Franz über mich ergehen lassen. Offensichtlich konnten sie nicht verstehen, dass ich nun ein echter Polizeihund und nicht ein ausgestopfter Spielzeughund mit einem Knopf im Ohr war.

Endlich durfte ich in die Zwinger-Anlage zu Ronny. Sofort erzählte ich ihm von meinem Erfolg und dass ich nun ebenfalls ein Polizeihund und Kollege von ihm war.

Ronny war sichtlich erfreut über meinen Erfolg und meinte, dass er ja nun bald in Rente gehen könne. Ich ließ ihn in dem Glauben, dass ich das gute Ergebnis nur ihm zu verdanken habe.

Feierliche Übergabe der Amtsgeschäfte
von Ronny (rechts) an Fimo!

Endlich Polizeihund

Franz erzählt:
Nach ein paar Tagen Erholung musste ich nun zum ersten Mal meinen Dienst mit Fimo antreten. Den enttäuschten Blick von Ronny werde ich nicht vergessen. Er stand wie angewurzelt da, als er sah, dass anstatt ihm nun Fimo mit mir im Polizeiauto wegfuhr und er zu Hause bleiben musste.

Auf der Dienststelle wurden wir herzlich begrüßt und beglückwünscht. Eine Ausnahme machte nur die Sekretärin Frau F. Sie hatte panische Angst vor Hunden, da sie bereits einmal von einem gebissen worden war. Schon bei den Vorgänger-Hunden von Fimo schlich sie immer ängstlich an der geöffneten Bürotür vorbei, wenn einer meiner Hunde unter meinem Schreibtisch lag.

Mit einer Schocktherapie wollte ich sie von dieser Phobie heilen. Ich kaufte in einem Scherzartikelgeschäft einen Gegenstand aus Plastik, der einer echten Hinterlassenschaft eines Hundes täuschend ähnlich sah. Dieses „Häufchen“ platzierte ich während der Abwesenheit von Frau F. vor ihrer Bürotür. Mit etwas Wasser aus der Gießkanne ließ ich das Ganze noch realistischer aussehen.

Gespannt wartete ich nun ab, ob meine Therapie den angestrebten Erfolg haben würde. Nach kurzer Zeit drückte sich Frau F., ängstlich wie immer, an meiner Bürotüre vorbei, den Fimo nicht aus den Augen lassend. Als sie auf dem langen Flur ihre Bürotüre erreicht hatte, hörte ich sie verzweifelt, um nicht zu sagen hysterisch, schreien: „Jetzt hat des Sauviech a noch hergschissn!“

Pflichtbewusst lief ich zu ihr hin und fragte, was denn passiert sei. Sie antwortete: „Ja hergschissn hat er, pfui Teufel, wie das stinkt!“

Ihrem Gesichtsausdruck nach zu urteilen, hat sie diesen bestialischen Gestank in ihrer Vorstellung tatsächlich wahrgenommen.

Als Kavalier alter Schule kam ich Frau F. natürlich sofort zu Hilfe. Mit den Worten „das ist doch nicht so schlimm“ hob ich den verdächtigen Gegenstand auf und steckte ihn in meine Hosentasche. Als ich in das Gesicht von Frau F. blickte, wusste ich sofort, dass ich mit meiner gut gemeinten Therapie keinen Erfolg hatte. Leider hatte ich ihre Angst und Abneigung zu Hunden nur verstärkt.

Mir hat Frau F. nach einiger Zeit aber großzügig verziehen (hat sie zumindest gesagt).

Doch nur für das „Scherze machen“ wird ein Diensthundeführer ja nicht bezahlt. Ich wurde in den allgemeinen Dienstbetrieb integriert und unterstützte bei Bedarf meine Kollegen. Einen Großteil meiner Dienstzeit verbrachten Fimo und ich mit Naturschutz- und Objektschutzstreifen.

Der ehemalige Bundespräsident Dr. Richard von Weizsäcker besaß oberhalb von Bad Tölz ein Ferienhaus, in dem er und seine Ehefrau ihre Urlaubstage verbrachten.

Trotz umfangreicher technischer Sicherungsmaßnahmen mussten das Haus und das weitläufige Grundstück während der Anwesenheit von Herrn Dr. Weizsäcker im Rahmen des Objektschutzes von der örtlich zuständigen Polizei und einem Hundeführer rund um die Uhr bewacht werden.

Es war uns immer eine besondere Ehre, wenn sich Herr von Weizsäcker Zeit nahm und uns in dem kleinen Dienstcontainer besuchte; und er nahm sich häufig sehr viel Zeit.

Unterhaltsam erzählte er uns von den kleinen und großen Begebenheiten rund um die Politik. Ich hatte schon ein Problem, mir den Hochzeitstag zu merken; während Herr von Weizsäcker mit dem Abrufen von Namen, Daten oder Fakten keinerlei Probleme zu haben schien. Sogar für Fimo hatte er immer ein freundliches Wort parat.

Als ich wieder einmal mit Fimo in den späten Abendstunden um das weitläufige Grundstück patrouillierte, entdeckte ich in dem angrenzenden Wald einen Pkw. Da es bereits dunkel war, leuchtete ich mit der Taschenlampe in das Fahrzeuginnere und sah darin einen schlafenden Mann. Ich teilte diese Entdeckung unverzüglich der Einsatzzentrale mit. Nach Überprüfung des Kennzeichens sollte ich auf Weisung der Einsatzzentrale den Mann schlafen lassen und ihn am nächsten Tag überprüfen und wegschicken.

Nach ein paar Stunden sah ich erneut nach dem Pkw, er stand noch immer unverändert da. Allerdings war der Pkw leer und der Mann verschwunden. Sofort schickte ich Fimo los, um den Mann im Wald aufzustöbern. Es dauerte auch nicht lange, als er an dem das Grundstück umgebenden hohen Sicherheitszaun eine Person verbellte und mich somit darauf aufmerksam machte. Es handelte sich um den Mann aus dem verlassenen Pkw.

Mit einem Eispickel (wie ihn Bergsteiger benützen) wollte er gerade den Sicherheitszaun überwinden. Ich nahm ihn vorläufig fest und transportierte ihn (unter ständiger Beobachtung durch Fimo) zu den Kollegen und den Personenschützern. Bei der Befragung erklärte er, dass er ein „Fan vom Bundespräsidenten" sei und diesem einmal persönlich begegnen wollte. Eine eingehende Überprüfung ergab, dass dies nicht zum ersten Mal war, dass er sich auf fragwürdige Art und Weise dem Bundespräsidenten nähern wollte. Aufgrund dieser Erkenntnisse übernahmen die Kriminalpolizei und der Staatsschutz die weitere Sachbearbeitung.

Fimo erzählt:
Einmal bekam ich mit, dass ich zusammen mit Franz den höchsten Mann in Deutschland bewachen musste. Dieser Mann hatte ein riesiges Revier mit

einer tollen Hütte darauf. Um das Revier war ein sehr hoher Zaun.

Als uns dieser höchste Mann einmal besuchen kam, war ich richtig enttäuscht, denn er war nicht höher oder größer als mein Herrchen Franz. Für mich war und blieb Franz der Höchste und Größte.

Dann wollte dieser Mann auch noch, dass ich ihm meine Pfote gebe. Ich weigerte mich, denn so etwas kindisches fing ich erst gar nicht an, denn ich war aus dem Welpenalter längst heraus.

Einmal wollte ein fremder Mann in das Revier von diesem Mann eindringen. Dies konnte aber der Franz mit meiner großen Hilfe verhindern.

Franz erzählt:
In unserem Direktionsbereich waren wir zehn Diensthundeführer, die auf zehn Polizeiinspektionen in drei Landkreisen verteilt waren. Einmal in der Woche trafen wir uns zur Diensthundeausbildung auf einem Hundeplatz in der Region.

Jetzt galt es, Fimo auf den schwierigen Praxislehrgang vorzubereiten, der etwa in einem halben Jahr stattfinden sollte. Bei diesem Lehrgang muss der Hund beweisen, dass er auch mit außergewöhnlich harten und praxisorientierten Situationen mutig fertig wird.

Doch bis dahin sollte ich mit Fimo noch einige spektakuläre, aber auch kuriose Einsätze erleben.

Schon bald durften Fimo und ich einen großen Erfolg verbuchen.

Fimo der Lebensretter

In einem Wald zwischen Bad Tölz und Wolfratshausen befand sich ein sehr schönes Seniorenheim. Als ein 71-jähriger Mann nicht wie vereinbart in dieses Seniorenheim zurückkehrte, wurde eine groß angelegte Suchaktion gestartet. Der Vermisste war Epileptiker und dringend auf seine Medikamente angewiesen.

An der Suche beteiligten sich nicht nur Kräfte der Polizei, sondern auch die örtliche Feuerwehr und der Polizeihubschrauber. Neben Fimo und mir waren noch mehrere andere Diensthundeführer mit ihren Hunden auf der Suche nach dem Vermissten.

Bei Einbruch der Dunkelheit wurde die Vermisstensuche eingestellt und sollte am anderen Tag morgens weitergehen.

Am Morgen des nächsten Tages waren wieder alle Kräfte vor Ort, um die Suche fortzusetzen.

Fimo und ich wurden gegen Mittag entlassen, da wir ja an diesem Tag noch zum Nachtdienst antreten mussten. Als ich mich gegen 19 Uhr über Funk bei der Einsatzzentrale zum Nachtdienst anmeldete, fragte ich, ob der Vermisste am Nachmittag aufgefunden worden sei.

Der Einsatzleiter verneinte dies und sagte, dass die Suche nun endgültig eingestellt sei, da alles abgesucht worden war.

Da ich keinen anderen Auftrag hatte, erklärte ich mich bereit, mit Fimo noch einmal den Wald nach dem vermissten Mann abzusuchen.

Ich parkte den Dienst-Pkw neben der Straße am Waldrand und machte mich mit Fimo sofort in dem weitläufigen Wald auf die Suche. Wir mussten uns beeilen, denn bis zum Einbruch der Dunkelheit hatten wir höchstens zwei Stunden Zeit. Mit dem Auftrag „Fimo such und hilf!" ließ ich Fimo in dem dichten und unübersichtlichen Wald frei stöbern.

Anmerkung:
Mit den Worten „such und hilf" wird dem Hund vermittelt, dass er nicht nach einem Straftäter, sondern nach einer schutz- oder hilfsbedürftigen Person suchen muss und er sich dieser gegenüber nicht aggressiv verhalten darf.

Langsam wurde es dunkel und ich wollte die Suche gerade ergebnislos abbrechen, da hob Fimo den Kopf, schnupperte intensiv in das dichte Unterholz hinein und fing an, in diese Richtung zu bellen.

Auch auf die Gefahr hin, dass er nur den Geruch eines Wildes in der Nase hatte, schickte ich ihn in die von ihm angezeigte Richtung los.

Es dauerte nicht sehr lange, als er kräftig bellte und auf sich aufmerksam machte. Nun kämpfte auch ich mich durch den dichten Wald in die Richtung, aus der das Bellen kam.

Dort angekommen fand ich einen Mann in einer Pfütze liegend vor. Fimo schaute mich fragend an und wedelte freudig mit seiner Rute.
Der Vermisste war ansprechbar, wirkte aber desorientiert und war offensichtlich unterkühlt.
Schnelle Hilfe war angesagt, aber wie sollte das gehen? Ich hatte kein Handy und mit dem Hand-Funkgerät konnte ich die Dienststelle nicht erreichen. Ich musste also so schnell wie möglich das Dienstauto erreichen und Hilfe anfordern.

Ich zog den Mann aus der Pfütze und bettete ihn auf den weichen Moosboden im Wald. Dann legte ich meinen Anorak schützend über ihn und versprach so schnell wie möglich Hilfe zu holen.

Aber erst einmal musste ich in dem zwischenzeitlich dunklen und dichten Wald die Straße und mein Dienstauto finden. Ich lief, besser gesagt, stolperte ich, zusammen mit Fimo, so schnell ich konnte durch den dunklen Wald und warf immer wieder Äste auf den Waldboden, um den Rückweg zu markieren.

Endlich hörte ich in der Entfernung Fahrzeuge fahren und konnte mich in diese Richtung orientieren. Beim Fahrzeug angekommen, war es mir nicht möglich, unverzüglich einen Funkspruch abzusetzen, da ich völlig außer Atem war. Ich forderte nicht nur einen Arzt und einen Sanka an, sondern auch die Bergwacht mit Handscheinwerfern. Ich glaube, ohne meine Markierungshilfen hätten wir den Vermissten nur schwerlich aufgefunden.

Nach der Versorgung des Vermissten durch die Rettungskräfte konnte ich also mit Fimo zur Dienststelle zurückkehren, wo wir von den Kollegen herzlich empfangen und beglückwünscht wurden. Da sah ich zum zweiten Mal, dass ein Polizeibeamter wegen Fimo Tränen in den Augen hatte. Es war der Dienstgruppenleiter; er und alle anderen Kollegen hatten nach eigenen Angaben jegliche Hoffnung aufgegeben, dass wir den Vermissten noch lebend finden würden.

Diese Aktion war so ein spektakulärer Erfolg, dass Fimo und ich eine Erfolgsprämie von 1.500 D-Mark von unserem Dienstherrn erhielten.

Polizeidirektion Weilheim

Leiter

Polizeidirektion Weilheim • Postfach 14 62 • 82360 Weilheim

Herrn
PHM Franz STEFFL
StN: 15-240848/4

Ihr Schreiben vom Aktenzeichen	Unser Schreiben vom Aktenzeichen	Sachbearbeiter	Nebenstelle	Weilheim
	D – 820	Reischer, PAR	140	03.11.2000

Vollzug der Bayerischen Leistungsprämien- und Zulagenverordnung (BayLPZV); Gewährung einer Leistungsprämie

Sehr geehrter Herr STEFFL,

Sie haben am 16.06.2000 in Geretsried mit Ihrem Diensthund einen Vermissten gefunden, der ohne Ihre Hartnäckigkeit bei der Suche wahrscheinlich nicht gefunden und gestorben wäre. Die Leistung ist herausragend.

Ich freue mich, Ihnen deshalb eine Leistungsprämie gewähren zu können.

Die Prämie in Höhe von DM 1.500.-- wird demnächst als einmalige Zahlung über Ihre Bezügestelle angewiesen.

Mit freundlichen Grüßen

Valentin
Polizeidirektor

Vorbereitung auf den Praxis-Lehrgang (B-Lehrgang)

Franz erzählt:
Fimo reifte immer mehr zu einem verlässlichen und selbstbewussten Polizeihund heran. Trotzdem hatte ich etwas Sorge, wie er den in einigen Wochen stattfindenden Praxislehrgang meistern würde.

Ich hatte diesen schwierigen Lehrgang ja schon mit zwei Vorgängerhunden von Fimo durchgezogen und wusste deshalb genau, dass nur ein gut vorbereiteter Hund eine Chance hatte, den Lehrgang zu bestehen. Deshalb nutzte ich jede Gelegenheit während und auch außerhalb des Dienstes, um mit Fimo zu üben und zu trainieren. Neben der wöchentlichen Diensthundeausbildung besuchte ich in meiner Freizeit mit Fimo auch die örtlichen Hundevereine, um Fimo und mich entsprechend vorzubereiten.

Fimo erzählt:
Obwohl ich auf der Hundeschule so erfolgreich war, hatte ich das Gefühl, dass der Franz mit mir wieder etwas vorhatte. Er ließ mich gar nicht zur Ruhe kommen und verlangte ständig immer schwierigere Übungen. Ich musste zum Beispiel eine Rolltreppe entgegen der Laufrichtung hinaufrennen und dann dort oben auch noch einen Lumpen fangen.

Früher traute ich mich nicht einmal, auf glatten Böden zu gehen; mittlerweile schaffte ich es, über

Gitterroste zu laufen. Mir war es einfach wichtig, mein Herrchen nicht zu enttäuschen, da ich ihm so viel zu verdanken hatte.

Zum Glück ahnte ich damals noch nicht, dass ich noch einmal auf eine Hundeschule musste.

Ich nahm mir vor, einmal den Ronny danach zu fragen, ob es da noch so etwas wie eine Hochschule für Hunde oder Ähnliches gibt ...

Franz erzählt:
Manche Einsätze, die ich mit Fimo zu bewerkstelligen hatte, hörten sich zunächst sehr dramatisch an, lösten sich dann aber in Wohlgefallen auf.

Einmal rief eine Frau auf der Dienststelle an und meldete einen Raubüberfall auf die örtliche Sparkasse in einer Gemeinde am Starnberger See. Sie habe gerade beobachtet, dass mehrere Menschen mit erhobenen Händen in der Sparkassenfiliale stehen.

Da die Kollegen meiner Dienststelle wegen eines anderen schwerwiegenden Einsatzes gebunden waren, sollte ich mit Fimo zunächst alleine zum Tatort fahren. Vorher informierte ich noch den Dienststellenleiter von dem angeblichen Raubüberfall. Wider Erwarten erklärte sich mein Chef bereit, bei mir im Diensthunde-Fahrzeug mitzufahren. Wider Erwarten deshalb, weil er des Öfteren geäußert hatte: „Bevor ich in so einen stinkenden Hundskarren einsteige, geh ich lieber zu Fuß oder fahr mit dem Radl!“

Um meinen Chef nicht allzu lange dem Gestank auszusetzen, fuhr ich mit Blaulicht und Martinshorn in Formel-1-Manier in Richtung Tatort. Ich hatte den Eindruck, dass ich meinen Chef durch meine Fahrweise ganz gut von dem Geruch ablenken konnte, denn er war als Beifahrer ständig damit beschäftigt, mit dem rechten Fuß auf eine nicht vorhandene Bremse zu treten.

Ich hielt mein Fahrzeug in der Nähe des Sparkassengebäudes an, und wir näherten uns vorsichtig, jede Deckung ausnützend, dem Objekt. Tatsächlich sahen wir, wie hinter den halbhohen Milchglasscheiben mehrere Hände in die Höhe gestreckt wurden.

Plötzlich fiel die ganze Anspannung von meinem Chef und mir ab und wir brachen in schallendes Gelächter aus. In dem Gebäude befand sich nicht nur eine Sparkasse, sondern auch noch eine kleine private Rehaklinik, in deren Räumen offensichtlich gerade eine Gymnastikstunde stattfand. Die Hände waren aus therapeutischen Gründen und nicht wegen eines Raubüberfalles in die Höhe gestreckt worden.

Mein Chef und ich wollten die Patienten und die Therapeuten bei ihrer Physiotherapie nicht stören und zogen uns deshalb diskret zurück.

Noch dramatischer hörte sich der Notruf eines besorgten Bürgers an. Angeblich hatte er in einem Waldstück eine nackte Frauenleiche entdeckt. Er sei so erschrocken, dass er den „Tatort“ sofort verlassen habe, um die Polizei zu verständigen. Aus diesem Grund könne er auch nicht mehr genau sagen, wo sich die Leiche befinde.

Nachdem ich den Fundort in etwa eingegrenzt hatte, ließ ich Fimo in dem weitläufigen Wald frei stöbern. Er kam jedoch jedes Mal unverrichteter Dinge zurück. Es erschien mir immer unwahrscheinlicher, dass in diesem Gebiet eine Person oder gar eine Leiche lag, ohne dass sie mein Fimo aufgefunden hätte. Ich wollte die Suche gerade ergebnislos abbrechen, da entdeckte ich die mit Zweigen zugedeckte „Leiche“.

Als ich in deren Nähe kam, wurde mir klar, wieso Fimo diese „Person“ nicht auffinden konnte. Sie roch mehr nach Gummi und Kunststoff als nach einem Menschen aus Fleisch und Blut. Es handelte sich um eine lebensgroße Puppe, die offensichtlich aus einem Flensburger Versandhaus stammte.

Fimo erzählt:
Mein Zusammenleben mit Ronny hatte sich nun natürlich auch geändert. Jetzt war ich es, der ihm am Abend Geschichten und Erlebnisse aus dem Dienstalltag erzählen konnte. Ronny hörte immer aufmerksam zu, tat aber so, als wären meine Erfolge im Vergleich zu ihm nichts Besonderes.

Aber er konnte mich nicht täuschen; ich spürte deutlich, dass er mich nun als gleichwertigen Kollegen ansah und respektvoller behandelte. Auch mein Herrchen Franz schien mit mir immer zufriedener zu werden.

Nur eines konnte ich nie verstehen. Egal, ob im Dienst oder ob wir privat unterwegs waren, wenn uns ein vierbeiniges Hundemädchen begegnete, nahm mich Franz an die kurze Leine und zog mich energisch weg. Ich hatte ja auch nichts dagegen, wenn er den zweibeinigen Frauen immer interessiert hinterherschaute.

Jedenfalls war es mir unmöglich, für geeigneten Polizeihundenachwuchs zu sorgen, obwohl solch gute Diensthunde wie ich und Ronny immer weniger wurden.

Viel Zeit für solche Vergnügungen wäre mir sowieso nicht geblieben. In jeder freien Minute musste ich mit Franz immer schwierigere Übungen machen. Ich hatte das Gefühl, dass ich bald wieder auf die Hundeschule gehen müsse, obwohl ich nicht wusste, was ich da noch lernen sollte oder könnte. Da fiel mir wieder ein, dass ich Ronny ja fragen wollte, ob es so etwas wie eine Hochschule für Polizeihunde gibt.

Franz erzählt:
Der Termin für den schwierigen Praxislehrgang rückte immer näher. Mit Hilfe von befreundeten Hundeführern und Kollegen bereitete ich mich und Fimo auch in der Freizeit so gut es ging auf den bevorstehenden Lehrgang vor, denn ich konnte mich

während der Dienstzeit nicht nur mit der Aus- und Fortbildung von Fimo beschäftigen.

Ein Einsatz verlief aus polizeilicher Sicht sehr erfolgreich, endete aber für den Betroffenen leider im Bezirkskrankenhaus.

Besorgte Bürger riefen bei der Polizeidienststelle an und teilten mit, dass am Starnberger See eine männliche Person die Leute am Dampfersteg in Bernried mit einer Machete bedrohe. Sofort fuhren eine Streifen-Besatzung und ich mit Fimo nach Bernried zum Dampfersteg.

Dort trafen wir tatsächlich einen Mann an, der in der einen Hand eine Machete schwang und in der anderen Hand eine Bibel hielt. Er schien ziemlich verwirrt und gab Unverständliches von sich. Die Kollegen forderten den Mann auf, die Waffe abzulegen. Dieser Aufforderung kam der Mann nicht nach, sondern flüchtete unter den Augen vieler Neugieriger auf die angrenzende Wiese. Sofort wollten meine beiden Kollegen dem Flüchtigen nacheilen. Unter Hinweis auf Polizeihund Fimo hielt ich sie zurück, denn Fimo war schon im Verfolgungsmodus. Vorschriftsmäßig kündigte ich dem Flüchtigen dreimal den Hundeeinsatz an, wenn er nicht stehen bleibe.

Als der Mann, den Hund immer näherkommen sah, rief er mehrmals laut und vernehmlich: „Erzengel Gabriel, hilf!“ Als er keine Hilfe erhielt, blieb er plötzlich stehen, drehte sich um, warf die Machete zu Boden und hielt die Bibel gen Himmel.

Zwischenzeitlich hatte Fimo den Mann erreicht, setzte sich so, wie er es gelernt hatte, vor ihm ab, und bellte ihn energisch an. Sobald der „Täter“ ruhig stehen bleibt, darf ihn der Polizeihund nur noch verbellen und bewachen und muss auf das Eintreffen des Diensthundeführers warten.

Da hob der Mann die Augen zum Himmel und rief mit kräftiger Stimme und für alle Umstehenden hörbar:

„Erzengel Gabriel, ich danke dir von ganzem Herzen, dass du mich mit deinem Flammenschwert vor diesem Höllenhund bewahrt hast!“

Die Umstehenden begannen laut zu lachen und zu klatschen.

Mir war nicht zum Lachen zumute, denn wir mussten diesen kranken Mann wegen seiner psychischen Probleme in das Bezirkskrankenhaus bringen.

Der Praxis-Lehrgang (B-Lehrgang)

Franz erzählt:
Unaufhörlich schritt die Zeit voran. Wieder einmal standen Fimo und ich vor einer herausfordernden Aufgabe.

Den A-Lehrgang bzw. Grundlehrgang hatte Fimo ja mustergültig gemeistert. Mit Bestehen dieses Grundlehrgangs darf ein Polizeihund auch als ein solcher eingesetzt werden; aber es ist auch hier wie bei einem Schüler nach Abschluss der Grundschule. Er beherrscht zwar das ABC und die Grundrechnungsarten. Für die Anforderungen des weiteren Lebens gibt es aber noch viel zu tun und zu meistern.

Obwohl ich mich mit Fimo gut auf den Praxis-Lehrgang vorbereitet hatte, konnte ich eine gewisse Nervosität und Anspannung nicht unterdrücken.

Der Praxislehrgang mit täglicher Heimkehr dauert sechs Wochen. Trotz der weiten Anreise an die verschiedenen Ausbildungsorte im Raum Traunstein und Rosenheim war ich froh, dass Fimo die Nacht in vertrauter Umgebung verbringen konnte. Bei diesem Praxislehrgang werden alle möglichen Situationen, in die der Hundeführer mit seinem Hund geraten könnte, geübt und durchgespielt. Jetzt muss der Hund beweisen, dass sich der Hundeführer später auch im täglichen Polizeidienst voll auf ihn verlassen kann.

Erst wenn der Hund versteht, dass sein Herrchen nichts von ihm verlangt, das er nicht meistern kann und der Hundeführer die Grenzen kennt, die der Hund zu leisten imstande ist, wird aus den beiden ein verlässliches Team.

Um die Ausbildung so realistisch wie möglich zu gestalten, werden verschiedene Objekte und Gebäude ausgesucht bzw. angemietet.

Schon bei der Überprüfung am ersten Tag zeigte sich Fimo sehr selbstbewusst. Ein Ausbilder hatte sich auf einem riesigen Reisighaufen positioniert und nahm mit einem Softstock eine drohende Haltung ein.

Da der Störer meiner Aufforderung, von dem Haufen herunterzukommen, nicht nachkam, forderte ich Fimo auf, durch das Gewirr von Zweigen und Ästen zu dem „Lumpen“ vorzudringen, um ihn herunterzuholen. Drangvoll kämpfte sich Fimo zu der Person vor und machte ihm durch einen kräftigen Biss den Ernst der Lage klar.

Mein „gut gemacht, Fimo“ war ehrlich gemeint, denn ich erinnerte mich an Zeiten, an denen Fimo sich nicht einmal auf einem glatten Boden zu bewegen traute.

Die Übungen wurden jedoch von Tag zu Tag schwieriger und anspruchsvoller.

Einmal hatte die Lehrgangsleitung tagsüber eine Diskothek samt Discjockey in Rosenheim angemietet.

Der Discjockey nahm seine Arbeit sehr ernst, denn er spulte das ganze Programm ab. Die Musik war so laut, dass die Wände wackelten, und Lichtblitze von allen Seiten durchzuckten den Raum.

Mehrere Kollegen sollten als Statisten eine Streiterei vom Zaun brechen. Ich bekam vom Lehrgangsleiter den Auftrag, mit Fimo für Recht und Ordnung zu sorgen, da sich in der Diskothek eine wüste Schlägerei entwickelt hatte.

Schon vor dem Betreten der Disco hatte ich Fimo mit Nachdruck auf die bevorstehende heikle Situation eingestimmt. Während ich Fimo an der kurzen Leine hielt, täuschte ein Kollege vor der Eingangstür mit einem Stock einen Angriff auf mich und meinen Hund vor und machte Fimo somit richtig „heiß".

Beim Öffnen der Eingangstüre zur Diskothek wurde mir schon etwas mulmig zumute. Der abgedunkelte Raum wurde von Blitzen in allen Farben durchzuckt.

Außerdem herrschte ein Heidenlärm von der überlauten Musik und dem Geschrei der Kollegen, die als Statisten eine Rauferei inszenierten. Ich hatte das Gefühl, dass Fimo weniger beeindruckt war als ich.

Gegen den Lärm und das laute Gebell von Fimo ankämpfend schrie ich die Gruppe an, das Raufen einzustellen. Doch die dachten gar nicht daran. Plötzlich und unerwartet stürzte einer der Raufenden aus der Gruppe heraus und wollte mich und

Fimo angreifen. Diese Person war natürlich mit einem entsprechenden Schutzanzug bekleidet.

Sofort sprang Fimo diese Person an, biss sie in den geschützten Arm und ließ erst auf mein Hörzeichen wieder ab. Nun konnte ich den „Lump" festnehmen und den Kollegen übergeben. Als mir ein Leistungsrichter, der den Einsatz von Fimo und mir bewerten musste, aufmunternd zunickte, war ich schon sehr stolz auf meinen Hund; Fimo tat aber wieder einmal auf „cool".

Fimo erzählt:
Ich konnte mir nicht erklären, weshalb wir jeden Tag so weit fahren mussten, nur um ein paar Leute zu beißen. Da hätte es doch auch bei uns daheim einige gegeben, bei denen ich gerne meinen Zahnabdruck hinterlassen hätte. Es gab aber auch Situationen, aus denen wäre ich lieber wieder rückwärts rausgegangen.

Einmal gingen wir in einen großen Raum. Dauernd ging das Licht in allen Farben aus und an; außerdem war es so laut, dass ich das Gefühl hatte, meine Ohren flatterten. Mehrere Männer stritten und rauften. Sie hörten auch nicht auf, als mein Herrchen sie anschrie und ich wie verrückt bellte und meine Zähne fletschte.

Der wildeste von allen sprang plötzlich aus der Gruppe heraus und wollte mich und mein Herrchen angreifen. Endlich konnte ich mein Handwerkszeug, das ich ja immer im Maul habe, anwenden.

Sofort nahm Franz den Schurken fest und übergab ihn seinen Kollegen, die die Handschellen klicken ließen. Als mich Franz später richtig lobte, hatte ich das Gefühl, dass ich mir das auch verdient hatte.

Zum Glück wusste ich aber damals noch nicht, dass das eine der leichteren Übungen war und viele schwerere folgen sollten.

Ronny stirbt

Franz erzählt:
Endlich war wieder einmal Wochenende, das wir zu Hause verbringen konnten. Mir war schon lange aufgefallen, dass Ronny immer schwächer und lustloser wurde.

Doch an diesem Wochenende machte ich mir über den Gesundheitszustand von Ronny ernsthafte Sorgen. Ich befürchtete, dass er bald sterben könnte. Selbst Fimo schien das zu spüren und wirkte traurig. Ronny durfte schon längere Zeit wegen seines Gesundheitszustandes bei uns im Haus leben.

An einem Sonntagmorgen lag er ziemlich apathisch und matt im Wohnzimmer auf dem Fußboden. Er schaute mich traurig an und ich spürte, dass er nun sterben wollte. Mit letzter Kraft stand er mit meiner Hilfe auf und wir gingen in den Garten und legten uns ins Gras.

Ich werde den Blick und den Gesichtsausdruck, mit dem er Abschied von dieser Welt und von mir nahm, nie vergessen.

Ich schämte mich meiner Tränen nicht, als ich meiner Familie den Tod von Ronny beibrachte.

Obwohl Fimo das Ableben von Ronny nicht beobachten konnte, schlich auch er traurig umher.

Fimo erzählt:
Ronny schien an meinen Geschichten und Erlebnissen überhaupt kein Interesse mehr zu haben. Ihn interessierte schon längere Zeit überhaupt nichts mehr. Er lag nur faul herum. Als mich Franz einmal wieder aus meinem Zwinger holte, bemerkte ich, wie er weinte und ganz traurig war.

Ab diesem Zeitpunkt habe ich meinen Kumpel Ronny nie mehr gesehen.

Franz erzählt:
Nach dem ereignisreichen und traurigen Wochenende fuhren Fimo und ich wieder in Richtung Rosenheim, um an der Fortsetzung des Praxislehrganges teilzunehmen.

An diesem Montag war eine Nachtübung angesagt. Nach Einbruch der Dunkelheit verteilte der Lehrgangsleiter die Übungen.

Ich musste mit Fimo in dem stockfinsteren Wald mit einer Taschenlampe auf einem Waldweg Streife gehen und sollte mich einfach überraschen lassen, was auf uns zukommen würde. Trotz Bewaffnung und einem guten Diensthund an der Leine war mir schon etwas mulmig zumute.

Auf jedes Geräusch horchend, rechnete ich ständig mit einem Angriff aus der Finsternis. Auch Fimo war sehr angespannt und schnupperte in alle Richtungen.

Nach mehreren hundert Metern tat sich immer noch nichts und ich glaubte schon, vom Weg abgekommen zu sein. Ich konnte auch nicht ausschließen, dass mich die Kollegen vergessen hatten.

Plötzlich knackte es in dem Wald, und ich konnte im Schein der Taschenlampe einen Mann erkennen, der, mit einem Prügel bewaffnet, auf uns zustürmte.

Ohne dass es eines Hörzeichens oder „Einsatzbefehles" bedurfte, flog Fimo den nächtlichen Störer an und biss sich in der von ihm getragenen Schutzkleidung fest.

Doch das war noch nicht das Ende dieser Übung. Nach der vorläufigen Festnahme des „Täters" marschierten wir zu dritt auf dem Weg weiter, um auf meine Kollegen zu stoßen.

Als wir uns einer Lichtung näherten, hörte ich schon von Weitem, dass sich dort mehrere Personen aufhielten. Im Schutze der Dunkelheit konnte ich beobachteten, dass sich einige Kollegen um ein Lagerfeuer versammelt hatten und in ausgelassener Stimmung feierten. Mir war natürlich klar, dass die Lehrgangsleitung eine weitere Prüfungssituation geschaffen hatte, um Fimo und mich zu überprüfen. Vor allem wollten sie testen, wie ich auf der einen Seite mit dieser Situation umgehen und auf der anderen Seite den „Festgenommenen" zusammen mit Fimo bewachen würde.

Nachdem ich der Gruppe spaßeshalber „Sperrstunde" geboten hatte, forderte ich sie auf, das Feuer zu löschen, den Platz aufzuräumen und nach Hause zu gehen. Widerstandslos, aber lachend, kamen sie dem von mir ausgesprochenen „Platzverweis“ nach.

Als wir danach auf die anderen Lehrgangsteilnehmer stießen, machte ich Meldung und übergab den Festgenommenen. Die Mitteilung von mir, dass ich einer Personengruppe mitten im Wald „Sperrstunde“ geboten hatte, löste großes Gelächter aus.

Die Ausbilder, die diesen Praxislehrgang gestaltet hatten, waren in der Findung von realistischen und praxisgerechten Übungen sehr einfallsreich. Fimo und ich wurden zu einem Team, das sich jeder Situation und Herausforderung stellen konnte und sich vor vier- und zweibeinigen Kollegen nicht zu verstecken brauchte. Nach Beendigung dieses Praxis-Lehrganges wusste ich, dass ich mit Fimo einen Freund und Partner hatte, auf den ich mich verlassen konnte.

Doch auch hier gilt die Regel: „Nach dem Lehrgang ist vor dem Lehrgang!“

Fimo erzählt:
Als wir nach der Praxisschule heimfuhren, war ich mit mir, aber auch mit dem Franz, sehr zufrieden. Gerne hätte ich den Franz gefragt, ob es jetzt mit der blöden Lernerei endlich vorbei sei; den Ronny konnte ich ja leider nicht mehr fragen. Gut, dass ich nicht gefragt habe, denn dann hätte ich damals schon erfahren, dass ich auf so einen komischen Speziallehrgang gehen muss, der drei Monate dauert.

Franz erzählt:
Fimo und ich waren also wieder im polizeilichen Alltag angekommen. Bei einer Streifenfahrt musste ich erleben, dass Hundetreue über den Tod hinausgeht. In der Nähe der Osterseen versperrte uns ein Hund den Waldweg. Er stand mitten auf der Straße und bellte uns an. Ich konnte nur mit Mühe an ihm vorbeifahren.

Während ich überlegte, was ich mit dem Hund machen sollte, stand ca. 100 m weiter ein Pkw unversperrt neben der Straße. Da weit und breit niemand zu sehen war, überprüfte ich das Kennzeichen über Funk.

Von der Einsatzzentrale wurde mir mitgeteilt, dass der Halter dieses Fahrzeuges heute in der Früh seinen Wohnort in München mit Suizidabsichten verlassen habe. In Begleitung der Person befinde sich sein Hund.

Nun wurde mir das ungewöhnliche Verhalten des Hundes auf der Straße bewusst. Ich fuhr sofort zurück und der Hund versperrte mir bellend wiederum den Weg. Nach dem Abstellen des Dienstfahrzeuges stieg ich aus und näherte mich dem Hund.

Sofort lief er zum Waldrand, wartete dort immer wieder auf mich und sah mich erwartungsvoll und auffordernd an. Ich folgte dem Hund und auf diese Weise arbeiteten wir uns immer weiter in den Wald hinein.

Auf einer Anhöhe sah ich dann das, was ich die ganze Zeit befürchtet hatte. Ein Mann lag leblos und verkrümmt auf einer Lichtung und war offensichtlich bereits verstorben. Sofort legte sich der Hund neben sein totes Herrchen, hielt Wache und wollte zunächst keinen zu dem Verstorbenen lassen.

Viel Überzeugungskraft war notwendig, damit die inzwischen eingetroffenen Sanitäter und der Notarzt den Mann untersuchen konnten, ohne von dem Hund attackiert zu werden.

Leider konnte der Arzt nur noch den Tod des jungen Mannes attestieren.

Vorbereitung auf den Sprengstoff-Lehrgang (Speziallehrgang)

Obwohl mir Fimo mittlerweile oft genug bewiesen hatte, dass ich mich auch in schwierigen und außergewöhnlichen Situationen auf ihn verlassen konnte, machte mir doch der Gedanke an einen noch ausstehenden Speziallehrgang Sorge und Kummer. Mühsam verdrängte ich die Gedanken, dass ich mit Fimo erneut einen Lehrgang mit Abschlussprüfung meistern musste.

Von meinen Vorgesetzten und auch von meinen Kollegen wurde ich gedrängt, mich zu entscheiden, ob ich Fimo zu einem Rauschgifthund und oder zu einem Sprengstoffhund ausbilden wolle.

Ich war früher oft genug (ohne Hund) bei der Durchsuchung der Wohnungen von Rauschgiftsüchtigen und Dealern dabei und kannte deren versiffte und vermüllte Unterkünfte, wo aus allen Ecken und Spalten der Schimmel und Gestank herauskroch. Das wollte ich Fimo und auch mir nicht zumuten und entschied mich für die Sprengstoffausbildung.

Doch da hatte ich zunächst die Rechnung ohne den Wirt gemacht. Sofort wurden wieder Zweifel laut, ob Fimo für diese Aufgabe der Richtige sei, da die Anforderungen an einen Sprengstoff-Suchhund extrem hoch sind. Ein Päckchen Sprengstoff nicht zu finden, kann „explosivere Folgen“ haben als ein nicht aufgefundenes Päckchen Rauschgift.

Die Anspannung in mir wuchs merklich, je näher der Termin für den Sprengstoff-Lehrgang kam. Fimo wurde aber von Tag zu Tag selbstbewusster, und ich hatte die Hoffnung, dass ich ihm und auch mir nicht zu viel abverlangte und wir auch diese Herausforderung meistern konnten.

Der Lehrgang fand diesmal in Dachau statt und sollte elf Wochen (also fast ein Vierteljahr) dauern.

Von ausgebildeten Sprengstoffhundeführern erfuhr ich, wie anspruchsvoll und schwierig so eine Ausbildung ist. Deshalb bereitete ich Fimo und mich so gut es ging auf diese Herausforderung vor.

Das wichtigste Instrument hierfür ist ein ca. 25 cm langes Wasserleitungsrohr aus Kunststoff, welches mit etlichen Löchern versehen ist. Meine Aufgabe bestand darin, dass ich Fimo auf dieses Rohr so scharf machte, dass es für ihn zu seinem wichtigsten Spielzeug und für mich zu einem unverzichtbaren Ausbildungswerkzeug wurde.

Der Trick besteht darin, dass das Rohr zu einem späteren Zeitpunkt der Ausbildung mit den verschiedenartigen Sprengstoffen befüllt wird und der Hund spielerisch eine Verknüpfung von Rohr und Sprengstoff herstellt.

Fimo erzählt:
Ich war einfach nur froh, dass ich nun ein ausgebildeter Polizeihund war und jeden Tag mit Franz zusammen sein und mit ihm Dienst machen durfte. Schade, dass Ronny das nicht mehr erleben durfte. Irgendwie spürte ich aber, dass Franz etwas bedrückte; bald schon sollte ich den Grund dafür erfahren. Wir mussten wieder auf so einen blöden Lehrgang gehen, der noch dazu ganz lange dauern sollte.

Obwohl ich mir nicht vorstellen konnte, dass es noch etwas geben konnte, dass ich nicht schon beherrschte, nahm ich mir vor, wieder mein Bestes zu geben, um Franz nicht zu enttäuschen.

Jeden Tag musste ich immer wieder ein kleines schwarzes Rohr mit Löchern darin suchen. Ich bekam zwar jedes Mal eine Belohnung, wenn ich das Rohr gefunden hatte, aber ohne Rohr hätte das bestimmt auch geklappt.

Langsam machte es mir Spaß, nach diesem Rohr zu suchen, vor allem, wenn die Belohnung stimmte. Außerdem waren oft die Söhne vom Franz, der Martin und der Franzi, dabei und alle drei freuten sich, wenn ich das Rohr gefunden hatte. Trotzdem wurde ich den Verdacht nicht los, dass ich wieder auf so eine blöde Hundeschule gehen musste, und fragte mich, was ich dort noch lernen sollte.

Franz erzählt:
Schon Tage vor Lehrgangsbeginn hatte ich ein flaues Gefühl in der Magengegend. Es war die Prüfungsangst, die mich schon seit meiner Schulzeit verfolgte.

Bei der Fahrt nach Dachau zu der dortigen Bereitschaftspolizei machte aber die Neugierde der Nervosität Platz. Ich war gespannt, wie Fimo auf das Aufeinandertreffen mit seinem Bruder „Fax“ reagieren würde, den er nach Jahren zum ersten Mal wiedersehen würde.

Zur Erinnerung:
Der Züchter hatte damals den „superstarken Fax“ der Polizei nur unter der Voraussetzung verkauft, dass sie auch den ängstlichen und unsicheren Fimo ankauften. Meine Enttäuschung über diesen Kuhhandel von damals war aber längst verflogen. Heute kann ich nur sagen, welch ein Glück; es begann eine wunderbare, innige und partnerschaftliche Beziehung zwischen Mensch und Tier.

Ich reiste bereits am Sonntag vor der ersten Lehrgangswoche an und war froh, dass es an dieser Ausbildungsstätte keine Zwingeranlage gab und Fimo über Nacht im Auto verbleiben durfte.

Nachdem ich Fimo versorgt hatte, ging ich in die Kantine und traf mich mit den Lehrgangskollegen.

Sofort tauschten das Herrchen von Fax und ich unsere Erfahrungen mit den Brüdern Fimo und Fax aus.

Gut, dass Fimo diese Lobhudeleien über Fax und die anderen Hunde nicht gehört hat, denn sonst wäre er genau wie ich nachdenklich geworden und hätte sich gefragt, wieso diese Hunde überhaupt noch eine Schulung benötigten.

Ich weiß noch, dass ich in dieser Nacht sehr schlecht geschlafen habe. Selbst im Traum beschäftige ich mich mit dem Aufeinandertreffen von Fimo und Fax.

Am Montag in der früh traten Fimo und ich unseren Dienst an. Wir waren sieben Lehrgangsteilnehmer aus ganz Bayern, die diesen Sprengstoff-Lehrgang meistern wollten. In einiger Entfernung konnte ich beobachten, dass nun auch Fax und sein Herrchen sich unserer Gruppe näherte. Ich ließ Fimo nicht aus den Augen, um seine Reaktion zu beobachten.

Fimo erzählt:
Nach einer Nacht im Auto gingen mein Herrchen und ich zu einer Gruppe aus zweibeinigen und vierbeinigen Kollegen, die dort herumstanden. Plötzlich hätte mich beinahe der Schlag getroffen. Ich traute meinen Augen nicht; ein Mann führte meinen Bruder Fax an der Leine und kam zu uns her. Obwohl ich es nicht wollte, stellten sich meine Nackenhaare auf und mein Maul wurde ganz trocken. Sofort fiel

mir nämlich wieder ein, wie überheblich und arrogant mich mein Bruder behandelt hatte. Ich fasste den Entschluss, dass es damit vorbei war und ich mich von diesem Typ nicht mehr unterdrücken lasse. Demonstrativ stellte ich mich unter Einsatz meiner Krallen auf meine Vorderpfoten, um größer und wichtiger zu sein.

Nun hatte mich auch der Fax gesehen und fing sofort zu knurren und bellen an. Ich ließ mich aber nicht beeindrucken, setzte mein grimmigstes Gesicht auf und bellte so wild, dass ich von meinem Mut fast selbst erschrak.

Zum Glück ließen uns unsere Herrchen nicht von der Leine; ich weiß nicht, was sonst passiert wäre.

Ich wusste ja von meinem Herrchen, dass der Lehrgang sehr lange dauern würde, und durfte gar nicht daran denken, dass ich diesen Angeber jeden Tag sehen musste.

Ich fasste den Entschluss, dass ich mich besonders anstrengen würde, um nach der Schule ein besseres Zeugnis als Fax zu bekommen.

Franz erzählt:
Ich hatte ja nicht erwartet, dass sich Fimo und Fax beim Wiedersehen um den Hals fallen und abschlecken würden, aber dass sie sich dermaßen aggressiv verhielten, war dann doch sehr überraschend. Unwillkürlich musste ich an die biblische Geschichte über Kain und Abel denken.

Was mich aber froh stimmte, war, dass sich Fimo vor seinem großen Bruder nicht wegduckte, sondern selbstbewusst und mutig auftrat. Außerdem war es unwahrscheinlich, dass sich die Brüder auf dem Sprengstoff-Lehrgang oft sehen oder gar gegenüberstehen würden, da jeder Hundeführer mit seinem Hund einzeln suchen oder üben musste.

Am ersten Tag des Lehrganges stand also wieder einmal eine Überprüfung an. Ich war ziemlich aufgeregt und habe vermutlich auch Fimo angesteckt.

Obwohl ich mit Fimo und seinem „Spielzeug" dem Wasserleitungsrohr mit den Löchern oft geübt hatte, war das Ergebnis der Überprüfung noch ausbaufähig.

Bald schon bauten die Ausbilder die erste Schwierigkeitsstufe ein. Sie versteckten das Rohr an einer nicht frei zugänglichen Stelle. Sobald der Hund das Rohr „erschnüffelt" hat, muss er sich ruhig davor ablegen und somit dem Hundeführer anzeigen, dass er es gefunden hat.

In dieser Phase der Ausbildung zeigt sich der Unterschied zum Rauschgift-Suchhund. Der Rauschgift-Hund darf aktiv anzeigen, das heißt, er darf nach dem Auffinden durch Bellen, Kratzen usw. dem Hundeführer anzeigen, dass er etwas gefunden hat.

Der Sprengstoffhund dagegen muss passiv anzeigen. Er hat sich nach dem Auffinden des „Stoffes" ruhig am Auffindungsort abzulegen und auf den Hundeführer zu warten, um später im Ernstfall keine Explosion auszulösen.

Fimo erzählt:
Ich war noch gar nicht richtig angekommen, da musste ich schon wieder nach „meinem Rohr“ suchen. Es hat mich nicht gestört, dass ich dabei vom Franz und auch anderen Menschen beobachtet wurde. Ich konnte aber nicht ausschließen, dass ich von Fax aus dem Hinterhalt auch beobachtet wurde, und das hat mich richtig nervös gemacht. Außerdem fragte ich mich, was das solle; mein Spielzeug hätte ich ja auch daheim suchen können.

Egal, Hauptsache, ich war mit Franz zusammen und bekam von ihm hinterher immer ein Leckerli als Belohnung. Suchen war ja in Ordnung, aber wenn es wieder mit Sitz, Platz und anderen Befehlen und Schikanen weitergehen würde, dann hätte ich gestreikt.

Franz erzählt:
Nach der Überprüfung und der Versorgung der Hunde trafen wir uns im Lehrsaal zur theoretischen Weiterbildung.
Uns wurde vermittelt, dass Sprengstoffhunde daraufhin trainiert werden, dass sie sowohl Waffen, Munition und Sprengstoffe – etwa bei der Terrorfahndung – oder auch auf Projektile, Hülsen und Tatwaffen bei der Aufklärung von Kapitalverbrechen suchen müssen. Damit sind sie in der Regel

schneller erfolgreich als technische Sprengstoffdetektoren. Außerdem erfuhren wir, welche Arten von Sprengstoffen es gibt.
Nach diesem ereignisreichen Tag ging ich bald ins Bett.

Die erste von den elf Lehrgangswochen verlief sehr entspannt. Wir sieben Hundeführer verstanden uns gut und pflegten vor allem am Abend in der Kantine unsere Kameradschaft.

Bei der ersten Wochenendheimfahrt war ich mit mir und Fimo sehr zufrieden und freute mich auf meine Familie.

Fimo erzählt:
Gerne hätte ich dem Ronny erzählt, dass ich auf der Hundeschule meinen Bruder Fax getroffen habe, aber das ging ja leider nicht mehr. Bestimmt wäre er stolz auf mich gewesen, wenn ich ihm von meinem mutigen Auftritt gegenüber Fax berichtet hätte. Wahrscheinlich hätte er es gar nicht geglaubt, dass mir sogar das Lernen inzwischen Spaß machte.

Franz erzählt:
Ab der zweiten Lehrgangswoche hatten die Ausbilder verschiedene Objekte in der näheren und weiteren Umgebung für eine realistische Sprengstoffsuche ausgewählt. Darunter waren Fabriken, Hotels, Kaufhäuser, Schulen und so weiter.

Bevor wir erstmals mit Sprengstoff für Übungszwecke in Berührung kamen, war nochmals Theorie angesagt. Wir erfuhren, welcher Grundsubstanzen es für die Herstellung von Sprengstoff bedarf und mit welchen Mitteln sie zur Explosion gebracht werden können.

Ich konnte mir die vielen Namen gar nicht merken, wie zum Beispiel: Hexogen, Oktogen, Nitrotiazolon, Trinitrotoluol, Glycerintrintrat und noch einige mehr.

Als ich zu einem Ausbilder sagte, dass ich mir diese Namen nie werde merken können, lachte er und sagte: „Ich auch nicht. Wichtig ist nur, dass sie dein Fimo findet!"

Diese Aussage und der Umstand, dass Sprengstoff nur mit einem entsprechenden Zünder zur Explosion gebracht werden kann, war schon einmal sehr beruhigend.

Für den ersten Tag unserer Praxisausbildung hatten die Ausbilder eine Küchenfabrik gewählt. Bis die Hunde aber mit Sprengstoff in Berührung kamen, sollte es noch etliche Tage dauern. Es fing ganz harmlos an; ein Helfer versteckte das Rohr an verschiedenen Örtlichkeiten. Anfangs konnten Fimo und ich zuschauen, wo das Rohr deponiert wurde. Als sich der Helfer entfernt hatte, durfte Fimo losstürmen, das Rohr als Belohnung aufnehmen und mit mir wild herumtoben.

Die nächste Steigerung bestand darin, dass der Hund beim Verstecken des Rohres nicht mehr zuschauen durfte. Um es nun aufzufinden, musste sich Fimo auf sein wichtigstes Werkzeug, seine Nase, verlassen.

Nach Abschluss dieser Übungen sollte der Hund alsbald mit Sprengstoff in Berührung kommen.

Fimo erzählt:
Ich konnte nicht glauben, dass ich nun in einer Schule war. Während Franz mich festhielt, zeigten mir seine Kollegen das Rohr und legten es für mich sichtbar ab. Ich hätte mich am liebsten geweigert, nach dem Rohr zu suchen, da ich es schon von Weitem sah; ich fand das einfach kindisch, das sollte eine Hochschule für Hunde sein?

Ich hatte einmal gehört, dass Sprengstoff-Hunde die Elite der Diensthunde sind. Da ich unbedingt ein Elite sein wollte, spielte ich halt mit.

Zum Glück sah ich meinen Bruder Fax nur ganz selten aus der Ferne. Hoffentlich wurde dieser Angeber nicht auch ein Elite.

Franz erzählt:
In der zweiten Woche wurde von den Ausbildern erstmals Sprengstoff an die Hundeführer ausgegeben. Eine kleine Tüte mit Sprengstoff wurde in dem Rohr mit den Löchern deponiert und mit der Kunststoffverschraubung gesichert.

Obwohl ich ja von der theoretischen Ausbildung wusste, dass ein Sprengstoff ohne Zünder nicht zur Explosion gebracht werden kann, hatte ich vor dieser „Rohrbombe“ trotzdem Respekt.

Ich war sehr gespannt, wie Fimo auf diesen neuen Geruch reagieren würde. Nachdem ein Ausbilder das Rohr versteckt hatte, schickte ich Fimo erstmals mit den Worten: „Such den Stoff!“ los. Nach dem Auffinden reagierte er wegen des unbekannten Geruches zunächst zögerlich, hatte dann aber augenscheinlich doch erkannt, dass es sein „Spielzeug“ war.

Freudig brachte er es zu mir her, um sich ein Lob abzuholen und mit mir zu spielen.

Auf diese Art und Weise lernt der angehende Sprengstoff-Suchhund spielerisch, die verschiedenen Duftmoleküle des Sprengstoffes wahrzunehmen, zu speichern, und wird somit konditioniert.

Die nächste Steigerung besteht darin, dass das Rohr abwechselnd mit verschiedenartigen Sprengstoffen bestückt und an für den Hund nicht zugänglichen Stellen versteckt wird.

Bis hierhin ist die Ausbildung mit der eines Drogenspürhundes identisch, eben nur mit anderen Geruchsstoffen.

Wie schon erwähnt, hat sich der Sprengstoffhund im Gegensatz zum Drogenspürhund nach der Auffindung von Sprengstoff absolut passiv zu verhalten. Er muss sich nach der geruchlichen Wahrnehmung des Sprengstoffes als Anzeige für den Hundeführer ruhig absetzen oder ablegen.

Dies dem Hund zu vermitteln, ist für Hund und Hundeführer nicht einfach, da der Hund während seiner drangvollen Suche selbstständig von 100 auf 0 herunterfahren muss.

Ein aktives Verhalten (z.B. durch Kratzen am Objekt) würde im Ernstfall für Hund und Hundeführer möglicherweise gefährlich oder gar tödlich sein, da dadurch eine Sprengstoffexplosion ausgelöst werden könnte.

Fimo erzählt:
Jeden Tag etwas anderes! Jetzt wurde ich zur Eingangstür eines großen Raumes gebracht. Franz schickte mich mit den Worten „such den Stoff!“ los, um nach meinem Rohr zu suchen.

Ich suchte den ganzen Raum ab und konnte es plötzlich in einem verschlossenen Schrank riechen. Eigentlich wollte ich es wie immer herausholen, um mit Franz zu spielen, aber ich kam nicht ran.

Da schrie Franz plötzlich laut und unfreundlich „Platz“! und ich musste ganz ruhig liegen bleiben.

Na gut, soll er es doch selber rausholen, Hauptsache, er spielte anschließend mit mir.

Aber komischerweise roch heute mein Rohr irgendwie anders; es hat richtig gestunken. Ich merkte auch, dass in dem Rohr etwas drinnen war. Als ich festgestellt hatte, dass es nichts zum Fressen war, überließ ich es großzügig dem Franz.

Manchmal ging mir die ganze Schufterei ganz schön auf die Nerven. Wahrscheinlich gehörte dies aber dazu, wenn man ein Elite werden wollte. Ich bin ja nicht futterneidisch, aber wenn mein Bruder kein Elite werden sollte, dann würde mich das schon heimlich, ja fast unheimlich, freuen.

Franz erzählt:
So ging es nun noch viele Tage weiter. Die Ausbildung war sehr abwechslungs- und lehrreich.

Wir waren ständig an unterschiedlichen Orten in der näheren und weiteren Umgebung unterwegs und die Hunde mussten immer wieder verschiedene Objekte nach unterschiedlichen Sprengstoff-Substanzen absuchen.

Mittlerweile wurde der Sprengstoff ohne das Kunststoffrohr versteckt. Hatte sich der Hund nun ausbildungskonform vor dem Fundort abgelegt, wurde ihm das Rohr von einem Helfer oder von mir möglichst unauffällig zugespielt.

Die Kantinenabende waren immer der Höhepunkt des Tages. Aus uns sieben Kollegen war mittlerweile eine verschworene Gemeinschaft geworden, die vermutlich sogar die Ausbilder und Lehrgangsleitung manchmal zur Verzweiflung brachte.

Manche Späße waren aber dermaßen derb, dass sie vermutlich **Polizeilich verboten** gewesen wären und deshalb noch immer der Schweigepflicht unterliegen.

Einmal hatte die Lehrgangsleitung ein Kino für unsere Übungszwecke angemietet. Nur im Licht unserer Taschenlampen mussten die Hunde in dem dunklen Kinosaal die Sitzreihen absuchen. Als Fimo seine Aufgabe wieder einmal zu meiner Zufriedenheit beendet hatte, wollte ich ihn zum Dienstauto zurückbringen. Der Filmvorführer hatte interessiert zugeschaut, nahm mich beim Rausgehen zur Seite und fragte geheimnisvoll: „Ich höre immer wieder, dass Drogenspürhunde rauschgiftsüchtig gemacht werden und Rauschgift ins Fressen bekommen, damit sie diesen Stoff auch finden. Wie ist das eigentlich bei Sprengstoffhunden?“

Ich musste schmunzeln, da sich dieses Gerücht hartnäckig hielt und hält.

„Klar“, sagte ich, „mein Fimo bekommt mindestens zweimal in der Woche eine Dosis Dynamit ins Futter.“

Verdutzt und mit einem großen Fragezeichen auf der Stirn ließ ich ihn stehen und brachte Fimo zum Auto. Bei meiner Rückkehr hatten die Kollegen den Mann aber aufgeklärt und ihm gesagt, dass der Franz ein alter Spaßvogel sei.

Trotz allem spürte ich in mir langsam wieder die bekannte Unruhe. Obwohl sich Fimo von Tag zu Tag steigerte und offensichtlich auch die Ausbilder sehr zufrieden mit ihm waren, konnte ich eine gewisse Nervosität nicht unterdrücken. Ich fragte mich, ob es Fimo wirklich schaffen könne, nach der bevorstehenden zweitägigen Prüfung als erfolgreicher Sprengstoffsuchhund hervorzugehen.

Am Abend erfuhren wir von unseren Ausbildern, dass wir am nächsten Tag zum Flughafen „Franz-Josef-Strauß" fahren würden, um dort Flugzeuge abzusuchen. Darauf freute ich mich ganz besonders, denn ich war schon immer ein Fan von Flugzeugen und allem, was sich in der Luft hält.

Nachdem wir unsere Sonderausweise erhalten hatten, mussten wir dem gelben Lotsenfahrzeug hinterherfahren, um zu den geparkten Flugzeugen zu kommen, die dort gewartet und gereinigt wurden.

Als Fimo und ich mit der Absuche an der Reihe waren, fragte ich die freundliche Reinigungskraft im Flugzeug, wo wir denn nun hinfliegen würden. Sie lachte und meinte, wenn wir noch ein paar Stunden warten, könnten wir auf die Insel Kos in Griechenland mitfliegen.

Ich begann sogleich von einer griechischen Insel mit herrlichem Traumstrand und kristallklarem Wasser zu träumen. Vor vielen Jahren hatte ich meinen ersten, aber unvergessenen Urlaub mit meiner damaligen Frau auf der Insel Ägina im Ägäischen Meer verbracht.

Ich nahm mir vor, dass ich in jedem Fall wieder einmal Urlaub auf einer griechischen Insel verbringen werde. Damals konnte ich noch nicht ahnen, dass die Insel Kos die Geburtsstunde für dieses Buch werden würde. Davon aber später mehr.

Prüfung

So, ausgeträumt, die Abschlussprüfung rückte ständig näher. Fimo wurde immer selbstbewusster und stärkte damit meine Hoffnung und den Wunsch, in Zukunft einen gut ausgebildeten und verlässlichen Sprengstoffhund an der Leine zu haben.

Am Vorabend des ersten Prüfungstages war es in der Kantine auffällig ruhig. Ich ging bald ins Bett und ließ die letzten elf Wochen noch einmal Revue passieren. Fimo hatte sich zu einem leistungsstarken Hund entwickelt und brauchte sich vor anderen Hunden nicht zu verstecken, was er auch augenscheinlich nicht mehr tat.

1. Prüfungstag

In der Frühe wurde uns mitgeteilt, dass wir die erste Prüfung am Flughafen „Franz Josef Strauß" im Erdinger Moos ablegen würden.

Der Lehrgangsleiter erklärte uns nochmals den Ablauf und das Prozedere der Prüfung.

- Für jeden Suchhund werden drei Sprengstoffpäckchen jeweils in einer anderen Halle und an einer für den Hund nicht zugänglichen Stelle versteckt.
- Die Auswahl der Sprengstoffart ist rein zufällig.

- Der Hund muss nach der Aufforderung „such den Stoff!“ den Raum bzw. die Halle ohne Hilfe des Hundeführers selbstständig absuchen.
- Wenn der Hund durch Hinlegen oder Absetzen dem Hundeführer den Fund des Sprengstoffes anzeigt, hat der Hundeführer zu seinem Hund hinzugehen.
- Durch Heben einer Hand wird dem Prüfungskomitee deutlich gemacht, dass der Hund einen Sprengstoff verwiesen bzw. angezeigt hat.
- Der Hundeführer darf seinen Hund bei der Prüfung nach dem Auffinden des Sprengstoffes nicht übermäßig loben oder gar mit ihm spielen.
- Sollte der Hund nur eine Fehlverweisung haben, ist die Prüfung nicht bestanden und der Hund unweigerlich durchgefallen.

Anmerkung:
Fehlverweisung heißt: Der Hund zeigt durch Ablegen einen Sprengstofffund an einem Ort an, an dem kein Sprengstoff deponiert ist.

Wir Hundeführer versammelten uns im Foyer des riesigen Komplexes. Nach Aufforderung musste der erste Prüfling seinen Hund aus dem Auto holen und im ersten Stock bei der Prüfungskommission antreten.

Es dauerte relativ lange, bis dieser mit hängendem Kopf wieder zu uns stieß. Sein Gesichtsausdruck sprach Bände; es hätte des Wortes „durchgefallen!“ gar nicht mehr bedurft.

Als auch der zweite Hundeführer mit seinem Hund und einem enttäuschten Gesichtsausdruck zurückkam, war uns allen klar, dass es auch die beiden nicht geschafft hatten.

Jetzt wurde es richtig spannend, denn nun waren Fax und sein Herrchen an der Reihe. Auch sie kamen deprimiert und niedergeschlagen zurück; jetzt waren bereits drei Teams durchgefallen.

Nach Fax und seinem Herrchen war ein Hund an der Reihe, der während des Lehrganges gute Leistungen gezeigt hatte. Als selbst dieser durchgefallen war, verstanden meine Kollegen und ich die Welt nicht mehr. Alle gescheiterten Kollegen berichteten, dass ihre Hunde nur ein oder zwei von drei Verstecken gefunden bzw. eine Fehlverweisung fabriziert hatten.

Als fünfte Paarung waren Fimo und ich an der Reihe. Prüfer, Ausbilder und Lehrgangsleiter machten bei unserer Ankunft ein nicht gerade freundliches Gesicht. Zum Glück habe ich mein eigenes nicht gesehen.

Nach der Meldung: „Diensthundeführer Franz mit Diensthund Fimo zur Sprengstoffabsuche angetreten“ wünschten uns die Prüfer viel Glück.

Mit der Aufforderung „Fimo, such den Stoff“

ließ ich ihn frei, damit er, so,wie er es gelernt hatte, selbstständig nach dem Sprengstoff suchen konnte.

Konzentriert und systematisch schnupperte Fimo alle Möbel und Gegenstände in dem großen Raum ab und legte sich alsbald vor einem Schrank mit geschlossenen Türen ab.

Zum Zeichen für die Prüfer, dass Fimo fündig geworden war, hob ich meinen Arm. Eines von den drei Päckchen war gefunden.

Wieder schickte ich Fimo los, um nach dem restlichen Sprengstoff zu suchen. Intensiv schnuppernd arbeitete sich Fimo bis zu einer großen Zimmerpflanze vor. Der Blumentopf war anstatt mit Erde mit braunen Granulatkügelchen gefüllt. Für mich eindeutig und überzeugend legte sich Fimo vor dem großen Blumentopf ab und gab mir somit zu verstehen, dass in dessen Umfeld Sprengstoff versteckt war.

Siegessicher hob ich meinen Arm, um den Prüfern zu signalisieren, dass mein Fimo einen weiteren Sprengstofffund gemacht hatte. Ich war mir sicher, dass aufgrund der klaren Anzeige von Fimo der Sprengstoff in dem Granulat versteckt war.

Da hörte ich aus dem Hintergrund die strenge Stimme eines Prüfers: „Weitersuchen!“

Ich war total irritiert, denn das konnte nur bedeuten, dass Fimo fehlerhaft verwiesen bzw. angezeigt hatte und wir somit ebenfalls durch die Prüfung gefallen waren.

Selbst Fimo schien überrascht, dass er ohne Bestätigung seine Suche fortsetzen sollte. In der Folge verwies Fimo zuverlässig die restlichen zwei Sprengstoffpäckchen und ich wurde angewiesen, bei den anderen Kollegen im Foyer zu warten.

Mit den Worten „Willkommen im Klub, jetzt sind wir auch durchgefallen“ begrüßte ich meine Kollegen.

Zum Abschluss waren von den sieben Teams nur noch zwei zu überprüfen. Als auch diese beiden Kollegen mit versteinerten Gesichtern mit ihren Hunden die Treppe herabkamen und verkündeten, dass auch sie die Prüfung nicht bestanden hatten, war unsere Frustration unermesslich.

Elf Wochen intensive Ausbildung lagen hinter uns und nun dieses enttäuschende Ergebnis.

Am liebsten hätten wir die Zimmer geräumt, die Koffer gepackt und wären mit unseren Hunden heimgefahren. Doch wir hatten Order, im Foyer bis zur Schlussbesprechung zu warten.

Enttäuscht, ausgebrannt und missmutig warteten wir nun schon über eine Stunde auf die Ausbilder und den Lehrgangsleiter. Uns war natürlich klar, dass dieses Prüfungsergebnis auch für die Lehrgangsleitung und die Ausbilder ein Fiasko darstellte.

In einem Anflug von Galgenhumor meinte ein Kollege: „Die sind bestimmt über den Hinterausgang geflüchtet, die trauen sich nicht mehr herunter!“

Dieser Lehrgang war nicht für den Hund, sondern für die Katz!

Uns fiel auf, dass mehrere Autos auf dem Parkplatz vorfuhren und die Insassen offensichtlich das Prüfungskomitee suchten.

Endlich, nach langer Wartezeit, kamen diese Personen im Gefolge des Lehrgangsleiters und der Ausbilder die Treppe herab.

Der „Anführer" dieser Gruppe war ein Beamter des „Höheren Dienstes", wie an dem Gold auf seinen Schultern unschwer zu erkennen war.

Mit ernster Miene fragte er: „Wer von euch ist der Franz?" Ich drehte mich um und konnte außer mir keinen weiteren Franz sehen, hob deshalb meine Hand und war auf das Schlimmste gefasst.

Da trat er auf mich zu, reichte mir seine Hand und sagte in freundlichem Ton: „Franz, ich gratuliere Ihnen und Ihrem Fimo herzlich zu diesem ganz hervorragenden und außerordentlichen Erfolg."

Ich weiß nicht mehr, was ich in diesem Moment gedacht oder gefühlt habe und was in mir vorging. Es fühlte sich an, als ob ich vom Blitz getroffen und vom Donner gerührt worden wäre.

Fimo hatte ohne Beanstandung alle drei Sprengstoffpäckchen angezeigt und gefunden.

An dem großen Pflanzenkübel hatte er sich aber abgelegt, obwohl dort angeblich kein Sprengstoff versteckt war, und somit fehlerhaft Sprengstoff verwiesen. Wegen dieser „Fehlverweisung" war er für mich zweifelsfrei durch die Prüfung gefallen.

Als ich endlich wieder Worte fand, fragte ich die inzwischen größer gewordene Personengruppe, wie das ganze abgelaufen sei.

Der Kollege mit dem Gold auf den Schultern führte uns zwecks Besprechung in einen Raum, in dem sich zum Glück Stühle befanden. Ich musste mich auch sofort hinsetzen, da meine Knie zitterten und ich das Gefühl hatte, dass mir der Boden unter den Füßen weggezogen wurde.

Mir wurde Folgendes erklärt:

Dem Prüfungskomitee war aufgefallen, dass sich Fimo an der Pflanze mit dem Granulat kompromisslos und sicher abgelegt und unmissverständlich einen Sprengstofffund angezeigt hatte. Sie waren sich aber absolut sicher, nur drei Päckchen an anderer Stelle versteckt zu haben, die ja dann in der Folge von Fimo auch korrekt verwiesen bzw. angezeigt wurden. Einem Prüfer fiel aber dann zum Glück ein, dass bestimmte Düngemittel unter Umständen Duftstoffe bzw. Duftmoleküle abgeben bzw. ausströmen, die auch einige Sprengstoffarten beinhalten.

Zur Abklärung wurde ein Chemiker des Bayerischen Landeskriminalamtes hinzugezogen. Dieser wollte wissen, mit welchem Düngemittel und wann zuletzt die Pflanze gedüngt worden war.

Daraufhin wurde sogar die Raumpflegerin geholt und befragt. Sie gab an, tags zuvor das Granulat der Pflanze mit einem Substrat eines bestimmten Herstellers gedüngt zu haben.

Nun waren sich der Chemiker, das Prüfungskomitee und der Lehrgangsleiter absolut sicher, dass Fimo zurecht Sprengstoff angezeigt und verwiesen hatte.

Ich nahm die Glückwünsche und Gratulationen zu diesem Erfolg entgegen, wollte aber jetzt nur noch zu meinem Fimo, der seit Stunden im Auto ausharren musste.

Fimo erzählt:
Heute war wieder einmal so ein Tag, wo ich die Zweibeiner überhaupt nicht verstehen konnte. Ich habe mich heute ganz besonders angestrengt, aber selbst der Franz schien mit mir nicht zufrieden zu sein. Nach dem Rohr habe ich ja schon lange nicht mehr suchen müssen, sondern nur nach so einem komischen Gestank, den der Franz „Stoff" nannte.

Der Stoff roch jedes Mal anders und war für meine Nase fast eine Beleidigung.

Heute habe ich mich vor so einem komischen Blumentopf hingelegt, weil ich mir sicher war, dass da so ein stinkender Stoff versteckt ist. Aber der Franz hat gar nicht nachgeschaut und ich musste gleich weitersuchen, ohne dass er da so ein Päckchen herausgeholt hat. Ich wurde nicht gelobt, sondern musste einfach weitersuchen.

Zum Glück fand ich noch zwei so Stinkbomben.

Anschließend wurde ich vom Franz einfach ins Auto gesperrt und musste dort ewig warten, ohne dass sich jemand um mich gekümmert hat.

Endlich tauchte der Franz auf und strahlte über das ganze Gesicht. Er drückte und streichelte mich und holte alles nach, was er den ganzen Tag versäumt hatte.

So wild und so lange wie heute hatte er schon lange nicht mehr mit mir gespielt. Aber noch lieber wäre es mir gewesen, wenn er mir gesagt hätte, dass ich jetzt ein Elite bin.

Offenbar hatte das mit dem Elite heute noch nicht geklappt, aber die große Wurst, die ich später vom Franz bekam, war ja auch nicht schlecht.

Franz erzählt:
Meine Gefühle waren nach diesem ereignis- und erfolgreichen Tag unbeschreiblich. Ich konnte es kaum glauben, dass es Fimo und ich als einzige von sieben Paarungen geschafft hatten, den ersten Teil der Prüfung so souverän zu bestehen.

Ich vermied es an diesem Abend, in die Kantine zum Essen zu gehen, denn ich wusste nicht, wie ich mit meinen Gefühlen und denen der Kollegen umgehen sollte. Deshalb verließ ich mit Fimo das Kasernengelände, fuhr mit ihm zu einer nahe gelegenen Metzgerei und gönnte Fimo und mir „a g'scheide bayrische Brotzeit".

Mit dem heutigen Tag war Teil 1 der Prüfung erfolgreich abgeschlossen.

Für Teil 2 am kommenden Tag war das Messegelände in München-Riem vorgesehen.

Am Morgen vor der Abfahrt nach Riem sah ich in die enttäuschten Gesichter meiner Kollegen. Es war mir nicht möglich, mich über den gestrigen Erfolg von Fimo und mir so richtig zu freuen.

Sechs Kollegen waren heute mit ihren Hunden nur zum Zuschauen verdammt, wenn Fimo und ich Teil 2 der Prüfung bestritten. Sie gratulierten mir zu dem gestrigen Erfolg und wünschten mir für die heutige Prüfung alles Gute. Fast beschämt, aber dankbar nahm ich ihre Gratulation entgegen, da ich das Gefühl hatte, dass sie es ehrlich meinten.

2. Prüfungstag:

Der Prüfungsablauf war wie am Vortag organisiert. Nachdem ich mich und Fimo zackig bei dem Prüfungskomitee angemeldet hatte, wiesen sie mir einen Raum zur Sprengstoffabsuche zu. Von der Türe aus konnte ich feststellen, dass auch hier wieder so ein riesiger Blumentopf platziert war.

Wie würde Fimo heute reagieren? Mit den Worten „Fimo, such den Stoff" schickte ich ihn in den Raum, der als Medien Zentrum diente.

Sofort begann Fimo intensiv schnuppernd und suchend mit seiner Arbeit und legte sich alsbald vor einem großen Schreibtisch ab, in dem der Sprengstoff zusätzlich in einem relativ luftdichten Behältnis versteckt war. Das erste Sprengstoffpaket war gefunden.

Gespannt beobachtete ich Fimo, als er nun in die Nähe der Palme mit dem Granulat kam. Aus den

Augenwinkeln konnte ich sehen, dass auch die Prüfer Fimo neugierig und abwartend fixierten.

Fimo schnupperte intensiv an dem großen Blumentopf und setzte nach kurzem Zögern seine Suche fort.

Bald schon hatte Fimo ausbildungsgemäß alle drei Sprengstoffpäckchen angezeigt und mustergültig verwiesen. Nach der Übergabe des letzten Päckchens an die Prüfer zeigten sie keine Reaktion, sondern forderten mich nur auf: „Räum deinen Hund auf und komm wieder herauf!"

Diese barsche Aufforderung hat mich zunächst verunsichert, denn ich war der Meinung, dass mein Fimo seine Sache bestens bewerkstelligt hatte. Aber nach dem Fiasko vom Vortag hielt ich alles für möglich.

Im Foyer warteten, wie am Vortag, meine sechs Kollegen und sahen mich erwartungsvoll an. Ich konnte ihnen noch kein Ergebnis mitteilen, da ich es selbst noch nicht wusste.

Mit gemischten Gefühlen ging ich wieder in den ersten Stock zu dem Prüfungskomitee, von dem ich mit Beifall und Lobeshymnen auf Fimo empfangen wurde. Lehrgangsleiter und Prüfer gratulierten mir zu der bestandenen Prüfung.

Ich konnte meine sechs Kollegen gut verstehen, dass ihnen nicht zum Feiern zumute war und sie auf einen Abschlussabend verzichten und nur noch nach Hause wollten.

Mein Bedürfnis war es ebenfalls, bald die Heimfahrt anzutreten, um meiner Familie zu berichten und mich von der Anstrengung der vergangenen Tage zu erholen. Eine Abschlussfeier mit nur einer Person hätte ja auch nicht viel Sinn gemacht.

Jetzt war es aber höchste Zeit zum Helden des Tages zu gehen, ihn ausgiebig zu loben und für seine Leistung zu danken.

Fimo erzählt:
Heute musste ich bis zur Rückkehr vom Franz nicht so lange warten. Als er zum Auto kam, sah ich an seinem Gesicht sofort, dass ich nun ein Elite bin. Die Streicheleinheiten, die ich vom Franz bekam, fand sogar ich etwas übertrieben. Leider konnte ich Franz nicht fragen, ob Fax nun auch ein Elite war. Jedenfalls habe ich ihn nie mehr gesehen, war darüber aber auch nicht traurig.

Endlich wieder daheim

Franz erzählt:
Bei der Heimfahrt konnte ich es immer noch nicht fassen, dass mein Fimo es als einziger von sieben Hunden geschafft hatte, die Abschlussprüfung dieses anspruchsvollen Lehrganges zu bestehen.

Ich verließ die Autobahn und machte mit Fimo einen ausgiebigen Waldspaziergang, um mich und meine Gedanken zu sortieren. Noch immer kreisten meine Gedanken um die sechs Kollegen, die 13 Wochen mit mir gekämpft hatten und mit ihren Hunden so tragisch gescheitert waren.

Jetzt hieß es aber, nach vorne zu blicken und auf das neue Aufgabenfeld zu konzentrieren.

Zu Hause angekommen wurde Fimo von meiner Familie überschwänglich begrüßt. Ich bekam aber auch etwas von dem Lob ab, nachdem ich erklärt hatte, dass ich auch wieder da bin.

Fimo erzählt:
Ich konnte mir nicht erklären, wieso plötzlich alle so freundlich zu mir waren. Aber dann fiel es mir wieder ein, ich war ja jetzt ein Elite. Das Lob und die Streicheleinheiten von den Zweibeinern taten schon gut. Viel lieber wäre es mir aber gewesen, wenn Ronny noch gelebt hätte. Ich glaube, dass er mächtig stolz auf mich gewesen wäre.

Franz erzählt:
Das erste Wochenende nach dem Sprengstofflehrgang war vorbei und ich trat mit Fimo wieder meinen Dienst bei unserer Stammdiensstelle, der Polizeiinspektion Penzberg, an.

Auch hier stand ich bei der Belobigung wieder einmal hinter Fimo im zweiten Glied. Sogar die ängstliche Frau F. aus dem Geschäftszimmer gratulierte und streichelte Fimo sehr vorsichtig.

Nach ein paar Tagen traf ich bei der wöchentlichen Diensthundeausbildung auf die Kollegen der Hundeführer Staffel. Einige Kollegen, die Fimo diesen Erfolg niemals zugetraut hätten, schauten etwas betreten und verlegen drein. Mich hat das Verhalten der Kollegen nur in der Überzeugung bestärkt, dass das Vertrauen und mein Festhalten an Fimo jeden Preis wert war.

Erste Einsätze als Sprengstoff-Suchhund

Mit Spannung erwartete ich nun unseren ersten echten Sprengstoffeinsatz. Dieser ließ nicht lange auf sich warten.

Ein Zeuge hatte in Penzberg beobachtet, dass ein Mann vom ersten Stock mit einer Pistole auf Passanten der Bahnhofstraße schoss. Sofort wurden alle verfügbaren Kräfte zum Tatort beordert. Der Mann gab gleich zu, dass er mit einer Schreckschusspistole auf Kinder, die ihn geärgert und gehänselt hatten, gezielt und auch geschossen habe. Dem Mann wurde die vorläufige Festnahme erklärt und die Waffe sichergestellt.

Fimo kam jetzt zum ersten Mal in seiner Karriere bei einem echten Einsatz zum Zuge. Es war ja nicht auszuschließen, dass sich weitere Waffen oder sogar Sprengstoff in der Wohnung befanden.

Unverzüglich nahmen Fimo und ich die Arbeit auf, so, wie wir es gelernt hatten. Als Letztes kamen wir in der Dreizimmerwohnung zur Absuche in das Schlafzimmer.

Es dauerte nicht lange, als sich Fimo vor dem Bett des Festgenommenen ablegte und somit eindeutig Sprengstoff anzeigte. Ich traute meinen Augen kam, als ich unter dem Bett ein schussbereites, geladenes und entsichertes Maschinengewehr aus Bundeswehrbeständen vorfand. Der Besitz einer solchen

Waffe ist nicht nur ein Vergehen nach dem Strafgesetzbuch, sondern ein Verbrechen nach dem Kriegswaffenkontrollgesetz und hat eine Freiheitsstrafe nicht unter einem Jahr zur Folge.

Ein Großteil der Aufgaben besteht darin, Veranstaltungsräume und -plätze nach Sprengmitteln abzusuchen, wenn ein Politiker oder eine andere Person des öffentlichen Lebens sein Erscheinen zugesagt hatte. Solch eine Veranstaltung hatten die Landfrauen des Bezirkes Oberbayern in einem Landgasthaus bei Wolfratshausen organisiert. Gastredner sollte der damalige bayerische Ministerpräsident, Dr. Edmund Stoiber, sein.

Pflichtbewusst traf ich eine Stunde vor Veranstaltungsbeginn mit Fimo in dem Gasthof ein, um ungestört von Zuschauern den Saal absuchen zu können.

Leider hatte ich die Rechnung ohne einige Landfrauen gemacht, die bereits an zwei Tischen lebhaft diskutierten. Meiner Aufforderung, noch einmal den Saal zu verlassen, wollten sie nicht nachkommen. Erst mithilfe des Gastwirtes bequemten sie sich widerwillig aufzustehen. Eine der Dirndlträgerinnen kam auf mich zu und fragte energisch nach, was mein Hund denn suchen muss, etwa nach Rauschgift?

Ich erklärte der Frau, dass Fimo nach Bomben suchen müsse. Da die Frau sehr nahe vor Fimo stand, begann er plötzlich im unteren Bereich ihres Dirndls intensiv zu schnuppern. Da fragte sie:

„Wenn er nach Bomben sucht, was sucht er dann bei mir?“

Leicht genervt von dem penetranten Auftreten der Frau sagte ich etwas, das mir, kaum war es heraus, selbst einen riesigen Schrecken einjagte, denn dieser Satz hätte schwerwiegende disziplinarische Folgen nach sich ziehen können.

Ich sagte: „Gute Frau, mein Hund sucht auch nach Sexbomben.“

Die Frau wollte gerade erzürnt losschimpfen, als ihre Kolleginnen lauthals zu lachen begannen und somit glücklicherweise die Situation entschärften.

Nach der Absuche durch Fimo verließ ich unverzüglich und mit gesenktem Kopf die Stätte meines „Ausrutschers“. Ich hatte nur die Hoffnung, dass sich keine der Landfrauen bei meinem obersten Dienstherrn verplapperte.

Bei der Heimfahrt schimpfte ich immer noch mit mir und nahm mir fest vor, in Zukunft meine Späße und Streiche auf ein Mindestmaß zu reduzieren.

Als Sprengstoffhundeführer hatte sich mein Aufgabenfeld und Einsatzgebiet deutlich erweitert. Bei Bombendrohungen an Schulen und sonstigen Einrichtungen (privat, staatlich oder gewerblich) wurden oftmals Sprengstoffhundeführer aus ganz Bayern zum Einsatz gerufen. Vor allem dann, wenn das Suchgebiet oder -objekt so groß und umfangreich war, dass eine verlässliche Absuche mit nur einem Hund nicht möglich war.

Zum hundertjährigen Jubiläum des Walchensee-kraftwerkes war ein großer Festakt mit sehr viel Prominenz aus Politik und Wirtschaft geplant. Ich hatte den Auftrag, mit Fimo das Gelände und die Betriebsräume vor dem Eintreffen der Festgäste abzusuchen.

Rechtzeitig begannen Fimo und ich, vorerst im Freien, mit der Absuche. Das große Eingangstor war mit Girlanden, Blumen und allerlei Beiwerk geschmückt.

Zu meinem Schrecken legte sich Fimo plötzlich und unvermittelt im Zugangsbereich vor einer Girlande ab. Mir fuhr der Schreck durch alle Glieder. Das Anzeigeverhalten von Fimo war so eindeutig, dass ich es nicht einfach ignorieren konnte, zumal das Sicherheitspersonal den Vorgang natürlich auch beobachtet hatte.

Jetzt war guter Rat teuer. Kurzfristig die „Bombenentschärfer“ aus München anzufordern, machte keinen Sinn. Die Jubiläumsfeier abzubrechen und die bevorstehende Veranstaltung aufzulösen, wäre auch sehr problematisch gewesen.

Nach dem Grundsatz „Sicherheit geht vor“ besprach ich mit dem Einsatzleiter die Situation. Gemeinsam kamen wir zu dem Entschluss, das Betriebsgelände zu räumen.

Während der Einsatzleiter und ich noch das weitere Vorgehen berieten, trat plötzlich ein Mann aus dem Kreis der Umstehenden heraus.

Er stellte sich als Pyrotechniker vor und fragte, ob es ein Problem gäbe. Nachdem ich ihm die missliche Situation vorgetragen hatte, erklärte er, dass hinter dem Festschmuck und den Girlanden ein Feuerwerk versteckt sei.

Mir fiel ein Stein vom Herzen, und meine Unsicherheit wich einem gewissen Stolz. Wieder einmal hatte Fimo bewiesen, dass er sich auch in der Praxis zu einem hervorragenden Sprengstoffsuchhund gemausert hatte. Er hatte die explosionsgefährlichen Stoffe in den pyrotechnischen Feuerwerkskörpern wahrgenommen und schulmäßig verwiesen bzw. angezeigt.

Fimo erzählt:
Das Leben als Elite war ganz schön und abwechslungsreich. Mit Franz war ich jetzt noch viel öfter zusammen als früher, und er behandelte mich wie einen guten und dankbaren Freund. Ich gab mir aber auch viel Mühe, um meinen Freund Franz nicht zu enttäuschen, obwohl mich die Suche nach dem komischen und stinkenden Stoff schon manchmal ganz schön nervte.

Ronny hätte sicher seine Freude mit mir gehabt; bestimmt war auch er ein Elite. Er hatte mir aber nie erzählt, dass er auch nach so komischen Stinkbomben hätte suchen müssen.

Franz erzählt:
Irgendwie hatte ich den Eindruck, dass Fimo seit seiner Ernennung zum Sprengstoffsuchhund noch einmal an Sicherheit und Selbstbewusstsein gewonnen hatte und dass ihm sein Dienst Freude und Spaß machte.

Trotz der guten und erfolgreichen „Zusammenarbeit" mit Fimo erfüllte mich ein Vorfall mit Sorge. Wir umrundeten, wie schon so oft, das große Grundstück vom ehemaligen Bundespräsidenten Dr. Richard von Weizsäcker im Rahmen des Objektschutzes. Plötzlich, wie aus heiterem Himmel, sackte Fimo zusammen und kugelte wie tot den steilen Wiesenhang hinunter. Ich lief zu ihm und sprach ihn mit Namen an. Fimo sprang sofort auf und wusste offensichtlich überhaupt nicht, was gerade passiert war. Ich dagegen bekam Angstzustände, denn bereits drei meiner Diensthunde, vor Fimo, waren aufgrund gesundheitlicher Probleme vorzeitig aus dem Dienst ausgeschieden.

Fimo erzählt:
Franz benahm sich schon manchmal eigenartig. Nur weil ich mich von dem anstrengenden Dienst manchmal hinlegte, stand er mit großen Augen über mir und fragte, was denn los sei. Ich habe mir diese

Auszeit aber immer öfter gegönnt, denn auch ein Elite hat ein Recht auf Erholung.

Franz erzählt:
Meine Hoffnung, dass der „Aussetzer" bei Fimo eine einmalige Erscheinung gewesen sein könnte, hat sich leider nicht erfüllt. Lange behielt ich das Problem für mich und erzählte nur meiner Familie davon. Doch irgendwann war es auch gegenüber den Kollegen und den Vorgesetzten nicht mehr zu verheimlichen. Trotz umfangreicher medizinischer Untersuchungen und ärztlicher Behandlungen verschlimmerten und häuften sich die Anfälle bei Fimo massiv. Weder ich noch die Vorgesetzten konnten es verantworten, Fimo weiterhin als Sprengstoffsuchhund zu führen oder einzusetzen. Dies hatte zur Folge, dass Fimo ausgemustert wurde, fortan „nur" noch Familienhund war und sich auf's Altenteil zurückziehen musste.

Ich hatte nur noch zwei Jahre bis zu meiner Pensionierung. Diese Zeit galt es nun, ohne Hund zu überbrücken. Ein Kollege hätte mir großzügig seinen „Seppi" überlassen und er hätte einen neuen Hund ausgebildet. „Seppi" war ebenfalls ein ausgebildeter Sprengstoffsuchhund.

Trotzdem hätte ich auf Weisung meiner Vorgesetzten nochmals einen zwölfwöchigen Sprengstofflehrgang absolvieren müssen. Ich war hin- und hergerissen und völlig unschlüssig. Sollte ich noch einmal zwölf Wochen Lehrgang auf mich nehmen oder den Rest meiner Dienstzeit als Streifenpolizist verbringen?

Da wurde mir unerwartet angeboten, zum Einsatzzug bei den „Zentralen Diensten“ zu wechseln. Bei dieser Dienststelle werden junge Polizisten nach bestandener Prüfung für den mittleren Polizeivollzugsdienst auf die Praxis vorbereitet. Dieser Wechsel sollte sich bald als Glücksfall erweisen.

Ich wurde zwar von den jungen Kollegen und Kolleginnen als „Schichtopa“ bezeichnet, aber die Zusammenarbeit war von einer Freundlichkeit und Hilfsbereitschaft geprägt, wie ich sie nie erwartet hätte.

Ein Satz ist mir noch gut in Erinnerung geblieben: „Franz, arbeite nicht so viel, nicht, dass es dir wie deinem Fimo ergeht!“
Ich habe mich strikt daran gehalten.

Fimo erzählt:
Ich konnte mir nicht erklären, was mit dem Franz los war. Fast jeden Tag fuhr er ohne mich weg und ließ mich bei seiner Familie daheim. Mir ging es ja da nicht schlecht. Kaum war er aus dem Haus, bekam ich von der Familie vom Franz Leckerli und Streicheleinheiten, ohne dass ich dafür etwas hätte tun müssen; ein bisschen treuherzig schauen und betteln reichte.

Aber nur faul rumliegen und gelegentlich den Postboten anbellen war auch nicht mein Ding.

Franz erzählt:
Obwohl mir der Dienst beim beim Einsatzzug Spaß machte, sehnte ich doch den Tag meiner Pensionierung herbei. Fimo hatte sich offensichtlich auch damit abgefunden, dass er frühzeitig „pensioniert“ und zum Haus- und Hofhund degradiert worden war.

Sein Gesundheitszustand verschlechterte sich aber von Tag zu Tag. Es war kaum mehr möglich, mit ihm auch nur kurz Gassi zu gehen, ohne dass er zusammenbrach. Ich konnte mich nur schwer damit abfinden, dass der Tag, an dem ich mich von ihm für immer verabschieden musste, näherkam. Auch Fimo selbst schien seinen Lebensmut mehr und mehr zu verlieren und war offensichtlich überhaupt nicht mehr interessiert, mich zu begleiten.

Fimo stirbt

Die Tierärztin von Fimo bereitete mich schonend darauf vor, dass es vom medizinischen Standpunkt aus unumgänglich sei, mich von Fimo für immer zu verabschieden.

Ich ließ nichts unversucht, um das Leben von Fimo zu retten beziehungsweise zu verlängern. Deshalb fuhr ich nach München in die Tierklinik und stellte ihn einem Professor für Veterinärmedizin vor. Dieser bemühte sich sehr und untersuchte Fimo gründlich, denn auch er hatte aus den Medien von den Abenteuern dieses Patienten gehört.

Doch auch der Professor konnte Fimo und mir keine Hoffnung machen und erklärte, dass es für Fimo am besten wäre, wenn ich ihn einschläfern lassen würde.

Enttäuscht und traurig fuhr ich nach Hause und teilte meiner Familie das Ergebnis dieser Untersuchung mit.

Fimo erzählt:
Ich hatte mich an das Faulenzen schon gewöhnt. Franz ging immer nur noch kurz Gassi mit mir. Manchmal wusste ich gar nicht, wie ich heimgekommen bin. Einmal hob er mich in sein Auto und wir fuhren, wie früher, sehr weit zu einem großen Haus. Dort waren überall Hunde, Katzen und sogar Pferde, wahrscheinlich war es ein Bauernhof.

Da kam auch schon der Bauer mit einem weißen Kittel und fummelte dauernd an mir herum. Der Bauer hieß Professor, zumindest sagte der Franz immer Herr Professor zu ihm. Dann sagte der Professor etwas zum Franz, das ich nicht verstand, Franz aber offensichtlich richtig traurig machte.

Daheim schauten mich auch alle so komisch und traurig an; was war denn in letzter Zeit nur los mit den Zweibeinern?

Franz erzählt:
Nun half alles nichts mehr, und ich musste mit der Tierärztin in Murnau einen Termin zum Einschläfern von Fimo vereinbaren.

Fimo, der sonst immer mutig zu der freundlichen Tierärztin in ihre Praxis marschierte, war an diesem Tag sehr zögerlich. Mit sanfter Gewalt musste ich ihn über die Türschwelle in die Praxis ziehen. Offensichtlich spürte er, dass ihm nichts Gutes bevorstand.

Ich schämte mich meiner Tränen nicht, als mein Fimo für immer die Augen schloss.

Noch heute glaube ich in diesen Augen keine Angst, sondern Dankbarkeit und Zufriedenheit gelesen zu haben.

Meinem Sohn Martin war und bin ich dankbar, dass er mich damals begleitet hat.

Nach dieser emotionalen Verabschiedung traten mein Sohn und ich wortlos und traurig die Heimfahrt an.

Immer wieder ging mir ein Spruch durch den Kopf, welcher in der jetzigen Situation für mich sehr an Bedeutung gewann:

„*Dass mir der Hund das Liebste sei, sagst du, oh Mensch, sei Sünde.*
Mein Hund blieb mir im Sturme treu, der Mensch nicht mal im Winde.“

Fimo war bereits der vierte Hund, der vorzeitig aus gesundheitlichen Gründen aus dem Dienst ausschied und viel zu jung mit nur neun Jahren verstarb. In dieser Phase entschied ich mich gegen einen weiteren Hund, denn ich wollte nicht nochmals so eine belastende Situation erleben.

Meine Dienstzeit neigte sich langsam dem Ende zu. Ich freute mich schon auf meine Pensionierung. Leider ging in dieser Zeit auch meine Ehe in die Brüche.

Glücklicherweise fiel mir mein Traum von einer griechischen Insel wieder ein. Kurz entschlossen buchte ich eine vierzehntägige Flugreise nach Kos auf meine Trauminsel in Griechenland.

Bald schon lernte ich bei einem Frühstück auf der Terrasse meines Hotels ein nettes Ehepaar aus Berlin kennen.

Farah und Claus sind diese liebenswerten Menschen, mit denen eine Freundschaft ihren Anfang nahm. Im Laufe unseres Aufenthaltes erzählte ich am Frühstückstisch die Geschichte von meinem Fimo. Eine junge Frau, die ebenfalls bei uns am Tisch saß, begann an der Stelle, als mich Fimo damals am Krankenhaus wiedergefunden hatte, zu weinen.

Auch bei Farah sah ich einen verdächtigen Glanz in ihren Augen. Heute weiß ich, dass ich mit der Geschichte von Fimo ihre schriftstellerische Leidenschaft geweckt hatte.

Farah war kaum zu bremsen und wollte von mir Stichpunkte zu dieser Geschichte und hätte am liebsten gleich mit dem Schreiben begonnen.

Der Hartnäckigkeit von Farah ist es zu verdanken, dass ich selbst zu schreiben begann.

Die folgenden Jahre ohne Hund prägten auch mein Privatleben. Beim Schreiben dieses Buches kam ich zu der Stelle, an der mir der ehemalige Bundespräsident, Herr Dr. Richard von Weizsäcker, einen guten Rat für meine Zeit als Pensionär mit auf den Weg gab. Er riet mir, mich im sogenannten Ruhestand nicht auf die faule Haut zu legen, sondern etwas Positives, am besten im sozialen Bereich, zu machen.

Diesen guten Rat konnte ich alsbald in die Tat umsetzen. Das BRK in Garmisch-Partenkirchen suchte einen Fahrer für den Behindertenfahrdienst. Die Annahme dieses Dienstes war für mich bis zum heutigen Tage ein Glücksfall. Meine Fahrgäste sind Erwachsene, die in den Werdenfelser Werkstätten in Garmisch-Partenkirchen für sie ausgewählte und machbare Tätigkeiten ausüben.

Diese Aufgabe macht mir sehr viel Freude, und ich freue mich jeden Tag, wenn ich meine „Schützlinge" am Morgen von zu Hause abholen und am Abend wieder heimfahren darf.

Immer wieder muss ich ihnen Geschichten und Erlebnisse von Fimo und Ronny erzählen.

Diesem Wunsch komme ich sehr gerne nach. Beim Erzählen und Schreiben dieses Buches wird die Erinnerung an meine Zeit als Hundeführer wieder wach, die mich mit Dankbarkeit und Freude erfüllt.

- Mein Dank gilt -

Fimo:
Meinem Freund und Partner mit der kalten Schnauze; ohne ihm würde es dieses Buch nicht geben.

Meinen Berliner Freunden Farah und Claus:
Sie haben mich bestärkt die Geschichte von Fimo in einem Buch bekannt zu machen.

Allen Verwandten, Bekannten, Nachbarn und Freunden:
Sie haben sich immer wieder Zeit genommen meine "Vorlesungen" anzuhören und sind mir beratend zur Seite gestanden.

Meiner Nichte Christine:
Sie hat mir bei der Verlagsfindung sehr geholfen und mir auch sonst wertvolle Tipps gegeben.

Der ehemaligen Lehrerin meines Sohnes:
Sie hat das Manuskript auf meine Schwachstelle (die Interpunktion) hin korrigiert und mir eine gute Note gegeben.

Nicht zuletzt danke ich allen Zweiflern:
Sie haben meinen Ehrgeiz angestachelt, der bis zur Fertigstellung dieses Buches angehalten hat.